suncolor

suncolor

台湾讀者您好

東京は果てしなく残酷で時折楽しく稀に優しい。ただその気まぐれな優しさが途方もなく深いから嫌いになれない。

又吉直樹

台灣讀者您好

東京是個徹頭徹尾殘酷的地方，有時很有意思，偶爾也會流露溫柔之處。這種隨興的溫柔，實在讓人討厭不起來。

又吉直樹

東京百景

又吉直樹——著
陳令嫻／譯

suncolor
三采文化

前言／

東京的殘酷與溫柔

我第一次到東京是十八歲的時候。當時我腦中的東京地圖近乎一片空白，今後要憑自己填上地名，畫線著色了。除了小小的期待，伴隨而來的還有巨大的不安。我深深後悔：「為什麼要來到這種地方呢？」一個人住的夜晚，我連鬼都害怕。

我過了一段以劇場表演為主的日子，開始有人找我寫文章。像我這樣的門外漢裝模作樣也沒意義，所以決定要寫就要老實寫。剛開始的六年，我一毛錢也沒拿到。

在東京住了約十年，有人找我寫新的連載。我決定趁這個機會把在東京的回憶，寄託在當時體驗的風景中完整寫下。標題是《東京百景》。命名的理由之一是太宰治出版過名為《東京八景》的短篇小說。決定之後，我非常興奮，文思泉湧。過去腦中全白的地圖已經填滿了無數的地名、線條與雜記。

完成《東京百景》時，我已經三十二歲，邁向中年。說是年輕人太老，說是成人又不夠成熟，唯一值得誇耀的是該丟的臉都已經丟過一輪。

書中以我的生活環境為主，因此多所偏頗，當不了大家的觀光指南。然而這就是我心中的東京。東京是個徹頭徹尾殘酷的地方，有時很有意思，偶爾也會流露溫柔之處。這種隨興的溫柔，實在讓人討厭不起來。

對於有機會出版本書，我由衷感到高興。今後我可能會失業或是無處安住。然而這本書裡記載的風景一定不會害死我。希望筆下的風景有一處能打動大家。

又吉直樹

CONTENTS

II

I

一　武藏野的夕陽

我到東京的那個春天，看到井之頭公園的草皮上坐了一個半裸的老人。我一時調皮，對身邊的朋友開玩笑：「那個人坐在那裡，動也不動，已經三十年了。」結果朋友居然相信這個謊言：「咦——那吃飯的時候要怎麼辦？」我只好繼續掰下去：「他動也不動，不會消耗熱量，所以肚子不會餓。」朋友聽了很感動：「雖然他很髒，不過很偉大呢！」我不得不圓謊：「嗯啊，我也覺得很偉大。」夕陽下的半裸老人成為了我們的戲鬧對象。

幾年後，大概是拿老人開玩笑的報應吧！我在井之頭公園散步時，遇到穿西裝、騎腳踏車的外國傳教士向我搭話，對方一打完招呼就突然逼近我：「我想拯救你。」

這應該是因為我明明只是在悠哉散步，看在旁人眼裡卻像是在煩惱吧！真想詛咒自己長得像「死神」、「屍體」的臉。對方的態度積極，硬是靠上來：「你不要勉強自己！」

事情怎麼會變成這樣！因為他的態度實在太強硬，所以儘管我恐懼不已，還是清楚表達了自己的意志：「我不相信這世上有神明……」其實心裡正拚命狂喊：「神啊！請救救我！神啊！請救救我！」我確定這個瞬間我一定比傳教士更相信神明。一說完我立刻背對夕陽，三步併兩步大步向前。

然而事情並未結束。朋友有一次走在井之頭公園也遇到外國傳教士搭話，聊了一會兒，對方露出苦惱的表情開始懺悔：「其實我本來想拯救一個跟你很像的人……」這位朋友常被人說跟我很像，我心想該不會這麼巧吧！「你是說又吉嗎？我們昨天才碰面！」傳教士突然用非常標準的日文反問他：「咦？他還活著嗎？」原來對方擅自認定我已經死了。

後來我養成去井之頭公園散步的習慣。有一次走在公園裡，遇上一名男子跟手機另一頭的人在吵架：「你到底在哪裡啦！」看來是搞不清楚集合地而發飆。男子一臉凶惡地大吼：「所以我說我在池塘邊啊！」但是井之頭公園是以池塘為中心興建而成，嚴格來說公園四周都算是「池塘邊」。我想他們倆大概一輩子都遇不到了……

又有一次我獨自坐在井之頭公園的長椅上，突然來了一個老婆婆：「你很帥吔！我可以坐你旁邊嗎？」她說了之後便逕自坐下。我試著搭話：「您是來散步的嗎？」老婆婆卻盯著眼前的池塘對我說：「小哥，去當牛郎吧！」

空中頓時浮現一個巨大的問號。我從不覺得自己有本事當牛郎。此時老婆婆又加了一句：「你們很像。」老實說，我聽了很怕。我不確定老婆婆是不是說我長得跟她以前喜歡的男人很像。或許這只是老婆婆自己希望我們很像，又或許不像也無所謂，只要有人陪她聊天就好。當下我心中湧起輕浮的偽善，那就當一下老婆婆過去喜歡的人吧！要是我演得好，老婆婆也會很高興。事後想想，我不該這麼做的。接著萬事萬物的輪廓，消失在武藏野的夕陽當中。

我的身體瞬間老化，變成一個老人。我不想嚇到老婆婆，於是起身逃走。而且我不想在逃走時被大家認出衰老駝背的身軀，於是脫下衣服，直接倒在草皮上。因為我不知該如何是好，只得一直坐在草皮上。

此時，一名關西腔的青年經過我旁邊時說了一句：「那個人坐在那裡，動也不動，已經三十年了。」我因而得知韶光荏苒。原來老婆婆每到夕陽西下便來尋找年輕時的我。看到我放棄一切，半裸地坐在草皮上，有人來向我搭話：「我想拯救你。」原來是外國傳教士。

下一秒我又恢復成原有的年輕肉體，和老婆婆一起坐在長椅上。武藏野的夕陽從來不曾歧視任何人，平等地照在所有人身上。無論是煩惱或是憂鬱，甚至連記憶都融化在陽光中而模糊不清。我想把這個數一數二祥和的景色列入東京百景之一。

不過今天也是陰天。

二　下北澤車站前的喧鬧

有一天晚上，我和作家堰代約好在下北澤車站前集合。忽然有名男子把手搭在我的肩膀上。我嚇了一跳，猛然往旁邊看，發現對方是名頭戴頭巾、長得像老鼠的矮小中年男子。

男子呢喃了一句：「你跟我是同志……」

糟了！我找不到自己跟對方有任何共通點。但是畢竟對方和我勾肩搭背，我也不能無視，只好先敷衍他：「咦？」、「看了就知道吧？你也是吧！」、「你說吸毒嗎？我才沒有吸毒。」就算我為了避免刺激對方，以溫和的語氣詢問他：「我也是什麼呢？」結果男子突然大叫：「藍調！」

我很害怕，真的純粹只是很害怕。

他說「藍調」二字時刻意嘟起嘴巴，硬是要打舌。我想趕快擺脫男子，因此堅決否定對方：「我沒在玩藍調。」我從來沒想過自己居然有一天會說出這種話。

「你看了就知道！」

對方完全不聽我講話。我沒辦法，只得勉強問了一句：「你在玩藍調嗎？」對方氣呼呼地說「看了就知道吧！」並捲起袖子，露出上臂。他的肌肉沒有特別發達，唯一引起我注意的只有日曬留下的色差。男子變得越來越可怕了。

對方似乎察覺我的啞口無言，於是用小孩耍賴般的口氣說「刺——青——」。這世上最可怕的就是天真的奇怪白痴。我再次凝視他的手臂，發現上面刺了看不出圖案的模糊刺青，彷彿烹飪教室的蕾絲桌巾。這是玩遊戲輸了的處罰呢？還是拿到烹飪教室全勤獎的模範生呢？

男子步步進逼。「但是……你喜歡藍調吧？你會聽吉米·罕醉克斯（Jimi Hendrix）吧？」因為我覺得他太可憐，不小心說了「我不討厭」。這句話就是錯誤的開始。對方突然恢復精神，得意洋洋地說：「我有時間跟你去喝杯咖啡喔！」

為什麼事情會變成這個樣子呢？我不過是在這裡等堰代啊！儘管我告訴男子自己正在等人，他還是不肯離開。

這時候堰代終於到了。他留著一頭莫霍克髮型，給人的第一印象充滿壓迫感，是個可靠的朋友。他走到我身邊，瞬間變成藍調與龐克的對峙。他目睹了一切，卻以為藍調男是我朋友。他不想認識那種怪人，於是躲在角落觀察。就算是因為男子跟我勾肩搭背，堰代竟然以為我跟這傢伙是朋友，他實在應該向生我的母親道歉。

我和堰代一起走進商店街，遠離那名男子。走了一會兒之後我回頭，在人群縫隙中瞥見男子小小的身影。下一秒，男子又直勾勾地盯著我大喊：「藍調！」

當時下北澤車站前的風景沒有一絲濁氣，卻骯髒得散發絕望的光芒，非常藍調。

三　日比谷野外音樂堂的風景

「我來到東京。仍舊說些莫名其妙的話。」

這是團團轉樂團（Quruli）的名曲〈東京〉的開頭。

我來到東京之前，聽到廣播節目播放這首歌便瞬間成為他們的歌迷。等我真的到了東京，這首歌的魄力與說服力加倍打動我的心。

來到東京之後，我面臨好幾次困境。無論是打工面試到一半就察覺自己應該不會上，還是遇上氣色不佳的警官盤問我的夜晚，或是因為前晚睡不著而懶洋洋的早晨，這首歌都溫柔撫慰我的心靈。

二十一歲時，我突然收到要求我搬家的通知。原來是房東過世，繼承遺產的親戚們打算把公寓拆掉，賣掉這塊在高圓寺的土地才好分錢。

附近的蔬果店老闆自從房東身體不適之後，好心幫忙收房租。他露出寂寞的表情，搓著紅葉蒿苣說：「老婆婆還活著時，明明都沒人願意照顧她……」壞心的律師寄來蠻橫的通知，限令我「兩個月之內搬家」。我沒有搬家資金，向對方表示無法立刻搬家，卻接到口氣冰冷的電話：「那我們只好走法律途徑解決了。」

幾天後，法院寄來要求我出庭的通知。我為了紓解緊張的情緒，一邊在法院附近的日比谷野外音樂堂周邊散步，一邊聽〈東京〉這首歌。

民事調解庭是由法院的人士陪同，在類似會議室的地方談判。壞心的律師第一次見面時好聲好氣地說：「我幫你一起找新家吧！」那副態度實在叫人噁心。

我在會議室裡告訴法院的人，壞心的律師至今對我做了多少過分的事。對方額頭汗水直冒，拚命陪笑臉。

到東京的第二年，我就去參加團團轉樂團在日比谷野外音樂堂舉辦的演唱會。他們雖然是搖滾樂團，好就好在不會在表演時大喊「耶——」或是「Rock'n'roll」，曲子跟曲子之間會說「我鞋帶鬆了，讓我綁一下」重新綁鞋帶的樣子最值得信賴了。

身邊的歌迷都跳個不停，只有我一個人默默看著。我在表演即將結束，氣氛達到最高潮之際打算跳起來，卻因為隔壁高大的外國人把手肘靠在我肩膀上，完全動彈不得。樂團重新出場要表演安可曲時，還沒決定好要唱哪一首歌。當他們問觀眾想聽什麼時，我明明很想聽〈東京〉卻沒有勇氣主動表示。等到有人喊「東京——」時，才搭便車拍手大喊：「對啊！對啊！」我這個人還是一樣老土。

主唱岸田戴著眼鏡，會在舞台上重新綁鞋帶；表演前不會事先決定好安可曲，和其他團員商量時讓觀眾等待。正因為他們的表演包含這些日常生活的延長，我才體驗到好幾次音樂帶來的特殊淨化作用。

大前提是樂曲的帥氣程度出類拔萃，我在他們身上體會到不需要用言行特別表現搖滾，光是與生俱來的姿態，就能做出徹底呈現自我的表演。不管是誰說我該怎麼做，我只用自己相信的方法做事。

幾年之後，我站在日比谷野外音樂堂的舞台上，那是即興搞笑的擂台。我以為自己在預賽時就會輸掉，沒想到運氣很好，一路屢戰屢勝，直到最後點子不夠用。當我在後台想點子時，「以前為了打官司來過這裡」、「團團轉樂團那時候有夠帥」過去的回憶浮上心頭。當我回神時，已經在舞台上搖晃身體說「國家認為我的思想不良」。

我還是老樣子，繼續說些莫名其妙的話。

四　三鷹下連雀二丁目的公寓

我後來才知道在東京的第一個家，居然蓋在太宰治故居遺址上。我壓根兒不知道自己在太宰治的創作之地，沉迷於太宰治的作品。現在回想起來真是不可思議。

當時我在那個房間裡一時衝動，想把太宰治的文章吃進肚子裡，而且還真的把新潮文庫出的太宰治作品給撕下來吃了。紙張的味道引得我喉頭不適，一直吞不下去。當時我連不能吃書都不知道。

十二年之後，我又遇見住在那棟公寓隔壁的夫妻。我很高興他們還記得我。當時我常常看見那家的老爺爺為屋簷下的花草澆水。聽說老爺爺小時候被太宰治抱過，還跟他一起去防空洞避難。

五　東鄉神社

我去澀谷和原宿買完東西、精疲力竭後，會避開人潮去東鄉神社。神社的寂靜拂去了所有雜念，撫慰心靈。這樣還無法消除的煩惱，則是請池塘裡的烏龜來傾聽。

我：我在店員的推薦之下，買下了價格昂貴又不知所以的衣服。

烏龜：一定很適合你的。

我：而且我買了那件衣服之後，為了向店員表示我還有錢，連收銀機旁邊根本用不到的絲巾都買了。

烏龜：一定派得上用場的。你可以拿去蓋在音響上，免得沾灰塵。

我：謝謝你。

烏龜：嗯。

我：我肚子餓了。

烏龜：我很臭不能吃。

我：我從來沒想過要吃你。

烏龜：⋯⋯

我剛想像自己吃了池塘裡的烏龜，頓時一陣強烈噁心。

我：噁⋯⋯噁⋯⋯噁⋯⋯

烏龜看到我一直噁心，差點吐出來。

烏龜：呃⋯⋯不好意思。

我：我才應該向你道歉！噁，好奇怪⋯⋯噁，我不是討厭你⋯⋯噁⋯⋯

烏龜：嗯。

我：我不但不討厭你，甚至還很喜歡你，但是我沒想過要吃你。

烏龜：當然不是直接吃，得要煮過⋯⋯

我：不行！不行！不行！我沒辦法！我不能接受！

路過的神官和我四目相對，發現我只是對著烏龜講話便走了。他叫打工的巫女幫忙，四個人一起從藏寶殿拿出名為「夜晚」的布疋，覆蓋東京這座城市。神官頻頻提醒巫女：「要拿邊邊，邊邊。」

我把注意力放回烏龜身上，發現牠不知何時已經爬上橋上的欄杆，伸長脖子擺姿勢，露出一副「近看就很好吃吧？」的表情。

我：那我差不多該回家了。

烏龜：是喔！那件衣服果然還是派不上用場。

我：咦？你是不是心情變差了？

烏龜：我才沒有——

烏龜背對著池子跳進去，潛入深處，再也不浮上來。

我走到東鄉神社後方的公共廁所，看到愚蠢到足以當選日本代表的塗鴉：「Oricon排行榜的乖巧客人看了就噁心！」

這句雙關語笑話（Oricon排行榜與乖巧客人的日文發音相似）的品味差到無庸

置疑。東鄉神社祭拜的是東鄉平八郎。他在連垃圾話都沒空說的時代擊敗波羅的海艦隊。神社後方出現這種平凡到不符合神社氣氛的塗鴉，揶揄的對象也平凡得不得了，實在非常滑稽。神社傳來神官大喊「一、二、三」的聲音。

與東鄉神社的非現實風景相比，塗鴉顯示的庸俗正是東京本身。

走出東鄉神社，夜晚的布疋已經鋪滿了整片天空。

六　三鷹禪林寺

我在東京的第一個家在三鷹。搬家那一天，我把行李放好便出門隨意逛逛，看到綻放的櫻花從白牆後方冒出頭來。我決定走去瞧瞧，才發現那裡是墓地，於是雙手合十，拜了一下便回家。

幾天之後，我得知附近有太宰治的墳墓。騎著腳踏車，對著地圖一路找。這才察覺原來我第一天看到的墓地正是太宰治的墳墓，也就是「禪林寺」。

每年日本全國的眾多書迷都會前來參加，六月十九日太宰治生日所舉辦的櫻桃忌。我不僅是櫻桃忌，每年都會去禪林寺好幾次。

七　山王日枝神社

我們以前是在溜池山王的吉本養成所上課。我在那裡有好些苦澀的回憶。入學典禮是在狹窄的教室裡，擠滿了紅髮、金髮、爆炸頭和髒辮頭的年輕人，強烈散發自我意識和顯示自我的欲望。想到像我這樣的平凡人要在這群怪人當中引人矚目是不可能的事，差點吐出來。

結果負責指導學生的工作人員在將近四百人的典禮中指著我笑：「哇！這裡有個超危險的傢伙！」其他工作人員也跟著看過來，笑著說：「真的吔！這傢伙殺過人吧！」我在數秒之前的確希望自己引人注目，但不是以這種方式。那天夜裡，我在日記上寫了「上學第一天，我已經完了」。

去上課是件痛苦的事。大家把「你很怪吔」當作誇獎，互相稱讚對方。我看到這個光景就難受。我不懂為什麼大家認為奇怪是件值得自豪的事。

對我而言，個性是一種多餘礙事的特性，必須隱藏或調整，而不是硬擠出來或是無中生有。看到這些傢伙硬是裝出很有個性的樣子就讓我想吐。

所以我只和以前就認識的少數人聯絡。其他人約我，我都拒絕，總是一個人看書。這種日子過久了，同梯有個貌似笨蛋的傢伙說：「偶爾會出現像又吉這樣，硬是要表現自我世界觀的傢伙。」

這句話讓我恍然大悟：我太逃避大家，反而顯得我的言行最突兀。原來我才是真正的笨蛋。想到這裡，我開始不知道今後該如何是好。

我們半夜時會在養成所的教室練習，累了就在樓梯平台睡覺。到了早上被人當作街友報警。據說因為這起事件，公司正式決定要遷移養成所。

我在這裡沒有任何一個美好的回憶，不過倒是學到一些東西：「普通」很難演；要貫徹自我必須要有拋棄羞恥心的勇氣；做到這個地步還是要假裝普通，不如死了算了；結果人只能做自己喜歡的事。也就是說不管做什麼，都一定會痛苦。

另外，學校裡出乎意料有好人。春天入學時班上有一堆同學，到了夏天少了一半，畢業時則只剩一成左右了。

我在溜池山王唯一喜歡的地方是山王日枝神社。志賀直哉的小說《暗夜行路》曾經提到這裡，所以我去拿報名表時一個人去拜拜過。課堂和練習空檔也會去神社走走或是看書。神社祭拜的是大山咋神，據說是掌管大山的神明，會在大山上打樁。我直到現在還是會在大山前嘔吐。

八　舞濱之舞

十多歲時，姊姊來東京玩，找我一起去迪士尼樂園的所在地舞濱。我很喜歡調查地名的由來。看到「舞濱」這個名字，我猜想應該是遠古時代民眾祈禱漁獲大豐收，因此在海邊對海神祈禱與獻舞。

由於漁獲大豐收促使村莊繁榮，帶動文明興盛，酬神獻舞也進而發展成娛樂活動。不知該說是土地的力量或是刻劃在人類基因當中的記憶，最終此地興建了迪士尼——我是這樣想的。

然而實際查了之後卻發現「舞濱」（Maihama）其實是源自美國迪士尼樂園的所在地「邁阿密」（Miami）。好險我在去時髦的酒吧喝酒，醉了開始胡說八道自己的推測之前就發現這件事。

姊姊說她邀我玩的遊樂設施一點也不可怕，等到我坐上去才發現原來可怕得不得了，於是久違地吵了架。看到小孩跟老奶奶觀賞遊行很開心，我也跟著高興。

他們總是全力吶喊：「不對！我們是原創的！」、「哪裡粗鄙了！只是你這個人很變態才會這樣想！」、「這世上才沒有河童！也沒有大沼澤！」等等。

他們住在沼袋的公寓。每次我貶低沼袋時總會說出這些話：「沼袋是池袋的贗品吧？」、「沼袋是東京的地名當中最粗鄙的吧？」、「在沼袋，河童也能領取居民證明嗎？」等等。

東京吉本養成所的同梯當中，有一組和我一樣來自大阪又同年紀的搞笑二人組「橡皮筋戰隊」。他們在高中生對口相聲的全國大賽得過獎，在我眼裡相當於搞笑界的菁英。想到同梯裡有在全國大賽奪牌的厲害傢伙，我們哪有機會走紅，絕望自卑的心情一天強過一天。

有一招是假裝不認識與無視，不過我做不到。因為他們是我在家鄉的朋友的朋友。扯這麼遠，其實根本就是陌生人了。

但是我在東京不認識其他人，寂寞又不安，所以無意間交情便越來越好了。「橡皮筋戰隊」這個名字很噁心，成員阿哲和阿大卻是大好人。個性開朗，不擺架子，把我當朋友。

我們常常一起廝混。例如租車去擅自給朋友搬家。阿哲深夜在錄音室打工當櫃檯。他擔心我打工面試屢戰屢敗，沒錢生活，因此找我去幫忙。但他是擅自找我去幫忙，所以只有一人份的薪水。

我從頭到尾沒做事，不過是坐在他背後。因為很過意不去，於是寫了一首詩叫阿哲唸。明明我既不是流浪畫家山下清，我的詩也不值半毛錢。阿哲跟女生出門約會時，我偷偷尾隨他，被發現後還差點挨揍。

養成所的課程比想像的嚴格，同學一個接著一個離開。在這種情況下，有一天我和阿大在沼袋散步，他突然問我：「你討厭壽司店師傅擅自捏什麼料的壽司給你吃？」我反問他這是猜謎嗎？他說是機智回答的大喜利。

我根本沒做過大喜利。但是阿大說想當搞笑藝人就不能逃避大喜利，又說他想不到答案，很是害怕。

「要是你會怎麼回答呢？」我的答案是「與葛芬柯」。阿大抬頭仰望晚霞，說了「原來如此」之後看著我開口：「那是什麼意思？」我說我也不知道。

阿大說：「你果然很厲害……雖然我之前多多少少就感覺到，不過你真的很厲害。」我本來以為他是拿我開玩笑，沒想到好像是來真的。

阿大分析我的答案：「賽門與葛芬柯（Simon & Garfunkel）只說後面的『與葛芬柯』……你是在玩鮭魚（Salmon）與賽門的雙關語嗎？」

我根本沒想那麼深，這一切不過是阿大想太多，我覺得很丟臉。阿大卻留下一句「像你這樣的人，才當得上搞笑藝人」，便再也沒來養成所了。

之後我還是繼續跟兩人往來，那天照例也去沼袋的公寓叨擾他們。他們因為一點小事吵起來，最後大打出手。我那時候正在寫給阿哲的詩，沒能馬上反應。

兩人打完之後，阿大問我：「你剛剛為什麼不阻止我們？」阿哲也問我：「一般人這時候都會勸架吧？我想有你在，吵到一個程度就會阻止我們，我才開始吵的……」兩人雖然笑著結束對話，我卻十分羞愧，覺得對不起他們。當時我真的很害怕。後來沼袋的公寓退租，阿大也回到大阪。

儘管已經過了將近十五個年頭，沼袋之於我依舊是橡皮筋戰隊生活的地方，仍舊認為「與葛芬柯」一點也不好笑。反而是阿大想到的答案「家」更有意思。走到沼袋商店街的盡頭，就是他們當年住的公寓。

十　芝大門尾崎紅葉誕生之地

我二十歲時，雨後敢死隊在港區ABC會館表演廳舉辦搞笑表演。那時我才剛當上藝人，滿心歡喜地去觀賞前輩表演。說是觀賞也不是坐在觀眾席，而是當工作人員，幫忙換道具跟更衣。

前輩能夠逗笑這麼多人真是厲害。我光是想像自己在這麼多陌生人面前表演自己的段子，就已經怕得全身抖起來。好可怕。我不想引人矚目，根本不適合當藝人。可是我又喜歡搞笑……腦中一直在煩惱這些事。

回家的路上，我懷抱不知該如何是好的憂鬱心情，去尋找會館附近尾崎紅葉的故居，途中還遇到警察盤查。好不容易找到尾崎紅葉的住處，結果遺蹟上只有一個簡單的標示註明此地由來。

踏上歸途的路上又遇上第二次盤查，據說是因為附近發生事件。我果然不適合當藝人。天色灰暗，前方也是一片昏暗。

十一　久我山稻荷神社

二十歲出頭時，我住在三鷹台，常常走到久我山散步。走在神田川沿岸的道路，看到一名年輕的女性皺著眉頭，趴在地上。遠遠看還以為她在和地球吵架，走到身旁才發現她其實是在找東西。我一時之間不知該如何是好。我想老實聽從心靈的聲音，跟她一起找東西。可是對方很漂亮，要是伸出援手，她可能以為我居心不良，貪圖她的美色，因而輕視我。

我鼓起勇氣問對方：「妳東西掉了嗎？」對方馬上回答「我……」。她迷失自我了嗎？後面又接了一句「隱形眼鏡掉了」。我陪她一起找，可惜沒找到。對方請我喝冰涼的罐裝咖啡當謝禮，我們一起走進神社喝飲料。夏日的陽光照射在狐狸神像的一隻眼睛上，形成奇妙的反光。道別時雖然說了「後會有期」，從此我卻再也沒見過她。

十二 走在原宿街頭的各式表情

說到東京就想到原宿。我十幾歲時受到這種既有概念束縛，儘管非常害怕，還是決定去竹下通的便利商店打工。這裡是從鄉下來到東京的年輕人，用自己的身體拚命嘗試展現自我的地方。過剩的自我意識刺激皮膚，帶來近乎麻痺的疼痛。直到現在我對原宿依舊抱持憧憬和恐懼，我想我一輩子都是當不成都市人吧！

這裡聚集了大量喜愛打扮的年輕人，每個人極力發揮自己膨脹的個性。一個打扮得如同發瘋外星人的男孩，與一個打扮得如同穿越時空的途中，經過戰國時代的巴黎風女孩擦身而過。兩人瞬間從頭到腳，仔細觀察對方。你們能夠參考彼此的打扮嗎？乍看之下好像是在鬧著玩，其實每個人都全力以赴。原宿這個地方真是太可怕了。

我也曾經鼓起勇氣去原宿買衣服。以前遇過誇獎過頭的麻煩店員，所以先確認對方不在我才走進去。但是挑到一半一定會從背後傳來熟悉的聲音：「我想說怎麼有個帥哥，果然是小哥你。」

來了！這種肉麻虛假的台詞讓我滿臉通紅。我拚命想逃離對方，於是選了衣服便躲進更衣室。結果對方又在更衣室外面招呼：「試穿了覺得怎麼樣呢？」拜託你趕快消失吧！偏偏對方又黏過來：「穿出來讓我看看吧！」真是有夠麻煩的。

我不得已只好走出來，對方又大聲誇獎：「騙人！這件衣服跟你好搭！真是太會打扮了！」騙人的是你吧！其他客人都停下來看我。這個店員應該跟我有仇，可能是我的祖先曾經嘲笑他祖先的穿著之類的。我很喜歡原宿，不過原宿似乎很討厭我。

有一次我想買東西，於是前往久違的原宿。走在竹下通的路上，遇上黑人店員向我搭話。他們總是跟路人裝熟，擺出好朋友的樣子說「Hey! Brother!」；或是擺出好隊友的樣子，要求對方跟他們擊掌，硬是要把人帶進店裡。

但是我在原宿也混很久了，不會輕易屈服。外國人似乎都無法分辨亞洲人的年齡，這些黑人應該也看不出我的年紀。我於是面不改色地撒謊：「我等一下要去學校……」雖然我從小就被人說頂著一張老臉，不過只要我說自己是學生，他們看我就是學生吧！我終於也能對等和原宿戰鬥了。

當我悠悠地踏出腳步打算離開時，黑人店員對我的背影說了一句：「可是今天是星期天喔！伯父。」對方明確指出我的錯誤，讓我面紅耳赤。學校星期天的確沒開，而且他還叫我「伯父」。看來我就算在其他國家的人眼裡，也是一張老臉。但是你不要逼伯父輩的人買那些寬寬鬆鬆的衣服啊！

好久沒來了，我要去跟便利商店的店長打聲招呼嗎？算了，還是別去吧！當年的記憶清晰浮現腦海：店長看了我的履歷說「我最喜歡搞笑了」。明明一開始我占了絕對優勢，結果還是沒被錄取。自此之後，我在原宿街頭總是失敗過一次又一次。

一張又一張的臉走過原宿街頭。這些混合自我意識與緊張的神情只能在這裡看得到，他們今天也繼續和原宿搏鬥。請不要欺騙這些年輕人，不要榨取這些年輕人。

十三　國立競技場的狂熱

我去國立競技場看過好幾場足球賽。第一次看的是日本代表參加的親善比賽，中田英壽在這場比賽大顯身手。

每次球到了中田英壽腳下，全場便歡聲雷動。觀眾看到行雲流水般的傳球跟射門，更是鼓掌歡呼。可能是受到競技場狂熱的氣氛影響，回家之後抑制不住想要跑步的衝動，就衝出家門。我不知道自己想做什麼，總之就是想做點什麼。結果我跑了兩天，到了第三天因為累了而放棄。

十四　台場的夜空

培里（Matthew Calbraith Perry）率領黑船前來日本，要求日本開國。幕府備受威脅，於是建設炮台以便在下次西方艦隊來襲時抵抗。據說這就是「台場」名稱的由來。當初台場建設的目的是因應國際情勢緊迫，現在卻成了情侶或是闔家造訪的遊憩場所。當年為了保衛國家而拚命建設的人們，看到台場現在充滿歡樂的氣氛，心情應該很複雜。

十多年前的某個夜晚，我和朋友為了東京灣大煙火祭而前往橫濱。朋友跟我都很喜歡煙火，非常期待這場煙火大會。「會場不是在台場嗎？」朋友告訴我：「去年我也是在橫濱看的。」但是到了橫濱卻沒什麼人，時間到了也沒看到煙火施放。果然和我擔心的一樣，施放地點不是在橫濱。後來才知道，主要場地也不是台場，而是晴海。我到現在都忘不了當時朋友道歉的表情。

我邀請朋友一起搭摩天輪，想讓他打起精神。我指著浮現在遠處上空的小小煙火，對著無聲的煙火感動，誇張地點頭肯定：「從這裡也看得到呀！好美呀！」又提出充滿歪理的主張：「遠遠看所以煙火大，近看的話小小的就夠了。這才是觀賞煙火的正確方式。」這件事情誰都沒錯。人生在世總是會發生幾次這種誰都沒錯的事。

那天晚上，在晴海施放的煙火應該發出如同大炮的轟隆巨響。原本在台場建設炮台的鬼魂應該也很滿意吧！

十五　仰望東京都廳

新宿 LUMINE 劇場剛開幕時，我和國中同學組成了搞笑二人組。新宿沒什麼場地方便排練段子。在別人看得到的地方練習很丟臉，到住宅區又會因為練習的聲音而擾鄰。如果去太偏僻的地方，可能會被誤以為是情侶在分手。

因此我們經常去離劇場有點距離的東京都廳廣場，那是個神祕的寬敞空間，有兩座神祕的銅像並排。其中一座是女性雕像，小心翼翼地捧著鴿子。但是她心愛的鴿子惡狠狠地背叛了她，在她頭頂拉屎。我當時認為世上盡是這種事。

東京都廳裝腔作勢地俯視我們，都廳的兩棟大樓彷彿高大的對口相聲大師，強烈的氣勢震懾了我，我陷入哪裡也去不了的不安。

十六　田無塔

我們現在到底是要去哪裡呢？

後輩一臉嚴肅地來找我商量：「我這個人太變態，不知道該怎麼辦。」他當時正開著車，我坐在副駕駛座。從車窗看出去，有一個巨大的不名物體閃閃爍爍。

我問他：「那是什麼？」，他說：「那是田無塔，很性感吧！」我不知道該怎麼理解他的性感。在我眼裡，田無塔就像在哭泣，而那時是冬天。

十七　吉祥寺口琴橫丁

深夜。

吉祥寺口琴橫丁收縮，其他地方膨脹。

我朝口琴橫丁走去，卻怎麼也走不到。

下一秒，我卻已經坐在口琴橫丁居酒屋裡了。

隔壁酒客的叫罵聲喧喧嚷嚷，騎在荻窪路上的自行車聲溫和順耳。

再見了，前朋友。

十八　吉祥寺的木造老公寓

那棟老公寓前還有寫著「防火用水」的石牌，庭院裡有已經廢棄不用的水井和生鏽的幫浦。當然也沒有浴室，廁所和洗手台都是共用的，走廊和樓梯都傾斜得好比達利的畫。帶我看房子的年輕房仲一路說些不像房仲該說的詛咒：「年輕人住不了這種地方」、「一般人住不了這種地方」。

一聽到我決定租這裡，房仲絲毫不掩飾驚訝的神情，還對我說「這裡不會見鬼」，一副這裡只有這點好處的樣子。我喜歡老公寓，所以所有房仲認為是缺點的地方在我眼裡都充滿魅力。

我簽約時，其他房仲含蓄地警告我：「最好不要接近其他房客……」我本來半信半疑，搬家當天從走廊偷看其他房間，看到別人房間裡貼了「我要征服世界！」的貼紙。這種人的確是不要搭理比較好。房間裡沒有冷氣，夏天熱到跟三溫暖沒兩樣，所以我常常到親子餐廳去看書。那家餐廳有個熟客叫「Please」。這是因為他每次點東西時，總是會用好比牛叫的低沉聲音說：「Coffee, please!」

有一天我在公寓的共用洗手台洗頭時，忽然感覺身旁有股不尋常的氣息。公寓有個不成文的規定是彼此錯開使用洗手台的時間。光是感覺到旁邊有人，我的心跳便加速了好幾拍。

我趕緊沖掉洗髮精，往旁邊一看，居然是「Please」拿著白蘿蔔，一邊轉動一邊削成薄片！老實說我嚇到心臟都要停了。「Please」居然跟我住同一棟公寓，而且為什麼要把白蘿蔔削成薄片？

正當各種疑問浮現腦海，不知該如何是好時，他突然以低沉的聲音說了一句很普通的話：「現在水很涼，很舒服吧！」這真是太可怕了。我隨便回應，打算趕快逃回自己房間時，他又問了：「我念過心理學，用看的大概就知道對方是做什麼工作喔。我可以猜猜你的職業嗎？」我很害怕卻又逃不了，只能輕輕點頭。對方先是自信滿滿地開口：「你是陶藝家吧！」不是，我根本不是。他接下來又猜：「那就是花道家了！」一聽到我又否定，對方這下子說了：「咦——你明明常常穿和服呀！」沒工作的日子我喜歡穿和服這點或許也要負點責任，但是這種猜法跟心理學一點關係也沒有。

這棟公寓還住了很多在吉祥寺一帶出沒的妖怪。例如半夜大聲聽古典音樂的人；自稱是「旅人」的人；用喵叫聲輕輕唱貓之歌的藍調歌手；走在路上會念經的男人。不過看在其他人眼裡，我每天晚上穿和服在路上晃來晃去，可能跟他們差不多怪。

我常常聽到經過這棟公寓的人說：「不覺得這棟公寓很了不得嗎？」是很了不得喔！因為這裡是妖怪棲息的巢穴。

十九　舊朝日電視台

約莫二十歲時，我做過派遣制的臨時工，有一次是去電視台幫現場轉播的音樂節目換背景。這種打工通常只有資深的厲害老鳥才能去，據說剛好缺人，才會緊急找我去遞補幫忙。

到了工作現場，負責指揮大家的男性問我：「小弟弟，你做得到嗎？」小弟弟？我已經二十歲了。從這句話我感受到了前輩的幹勁遠勝於平日。十名以上的大男人推著配合每一位歌手打造的舞台背景，趁廣告時間交換。推的時候還會大喊：「推！推！推！」讓我聯想到慶典扛神轎的情景。

那也是我第一次看到塔摩利先生，彷彿濃縮了所有精力而成的佛像；相川七瀨唱完歌之後，和伴舞擊掌的模樣好亮眼；搖滾樂團 THE YELLOW MONKEY 則是唱了〈玫瑰色的每一天〉。

大概是因為方才目睹的世界過於華麗炫目，回家路上走過六本木時，感覺自己好像被東京踩扁了。一路上，我腦中一直播放一首歌：「無論我如何追逐，玫瑰色的日子總是像月亮一樣從我的指縫中溜走……」

二十　廁所

我在廁所看到一張警告標語：「一次沖太多衛生紙，馬桶可能因此阻塞，造成大家不便」。不便可以解釋成「不方便」，或是「不能大便」。寫的人應該沒有要開雙關語玩笑的意思，只是偶然造成這種笑料。

日文的廁所有好幾種說法，其中一個是「不淨」，也就是沖去穢物的地方。去參加聚餐感覺沒有歸屬時，躲進廁所休息能讓我稍微鬆一口氣。安慰自己「我沒有醉」，把力氣都集中在臉上，試著擺出個認真表情。廁所裡充滿靜謐的解散感，光是坐在廁所裡就能散發充斥全身的壓力。躲在廁所裡抒發壓力的模樣也很像在祈禱。

二十一　名為新並木橋的入口

我是一九九九年從大阪來到東京，當時大家還抱持所謂「代官山幻想」。當地服飾店、二手衣店跟咖啡廳櫛比鱗次，電視節目跟雜誌也介紹代官山是時髦的象徵。相對於澀谷、原宿一帶總是年輕人摩肩接踵，代官山氣氛沉穩寧靜，走在路上的人也一副從容不迫的樣子。我甚至覺得自己這麼戰戰兢兢實在很寒酸。

在澀谷、原宿走上半天，到了夕陽開始西下時，路上擠滿人潮，門庭若市。我像是被喧囂彈出這一帶，走向明治通。這時候新並木橋以絕佳的距離出現在我面前，擺出一臉入口的模樣。

不，它就是入口。眼前出現數百萬個看不見的路標向我大叫「在這裡右轉！」走上坡道，兩邊慢慢出現零星的服飾店。那時候的代官山散發異國風情，氣氛不同於其他地區。我走進那一帶，總會挺直背脊。

一對小姊弟走在我前面。弟弟被姊姊拉著走，嘴巴附近似乎沾到奶油。我和他們正巧往同一個方向前進。走了一段之後，怕他們以為我是可疑人物，所以特意告訴他們，弟弟嘴巴旁邊沾了東西要擦掉。

結果姊姊馬上告訴我：「嗯，那是提拉米蘇。」首先我為了他們早就知道弟弟嘴巴髒而吃驚，更吃驚的是弟弟臉上沾到的是提拉米蘇這麼時髦的食物。這件事情提醒我自己身在代官山。

我有一個關於新並木橋的深刻回憶：剛滿二十歲的我，開始有登台演出的機會。某一天走出劇場時，遇到三個制服女孩。她們剛看完表演，就向我搭話：「你會去代官山嗎？」、「我會去喔！」

短暫交談結束的隔天，她們的提問像咒語一樣滲入全身，我不知不覺就走過新並木橋，向代官山前進。到了代官山也沒買什麼，只是逛了很多家二手衣店。正當我要離開，走上新並木橋時，看到三名女孩從相反方向的人行道走來，正巧是那三個在劇場外向我搭話的制服女孩，向我施咒的那三個女孩。

她們笑得非常開心。看到那幅過於炫目的光景，我頓時湧起一股近乎害羞的愧疚感，背對三人躲起來。我自己也覺得這樣做很可笑，同時深刻明白我去代官山時總是不自覺地有點勉強自己。

隔了幾天走出劇場時，我又遇到她們。「你最近去了代官山吧？」原來我害羞駝背的樣子被她們看到了。走過新並木橋時，我總會想起這個回憶，撫摸躲在感情一角的難為情。我老是想裝出一副毫不在乎的樣子，結果還是過著害羞彆扭的生活。

最近代官山的二手衣店越來越少，童裝店大幅增加。據說是當時來逛代官山的年輕人現在已經到了當父母的年紀。現在會漫步在代官山尋找二手衣店的人，大概只剩下我一個了。

二十二　一九九九年，立川車站北口的風景

我的東京生活是從哪裡開始的呢？

我是在十八歲的春天，也就是高中畢業後到東京，在三鷹落腳。我並非一早就計畫要來東京生活。雖然想過要當相聲演員，卻不曾制定明確的計畫，也沒有聰明到要把東京當作活動據點。東京明明沒有邀我來，我卻傻乎乎地跑來了。

家人朋友應該覺得我是臨時起意吧！但我覺得是有股強大的力量不容我抵抗，只好來東京。這股強大的力量不是什麼美麗的事物，或許是像偷偷小便這樣難看的東西。

我念的高中是男校，運動風氣興盛到幾乎所有運動社團每年都會參加全國大賽。每個人情緒都高昂到你會懷疑他們是不是得了什麼病。大家夏天上課都只穿一條內褲，體育課時老師命令大家「成體操隊形散開！」大家便跑到操場的各個角落，直到老師大喊「衝過頭了！回來！」看到大家退回來聚在一起，老師又大喊：「太近了！」

我參加的是足球隊，放學之後去足球場探究自己身心的極限，隔天又追求更上一層

樓，每天嚴格鍛鍊自己。

我在高中實際體驗到人被逼到絕境時會顯露本性。人在從容不迫時有力氣溫柔待人，這種時候溫柔待人甚至是一種快樂。但是當自己窮途末路時就沒力氣管別人了。或許是因為處於這種環境，我很害怕那些平常溫柔對待我的人，陷入絕境時會反過來攻擊我。想了很久，最後我決定打從一開始就拒絕對方的好意，之後就不用擔心被背叛了。

簡單來說，我決定不要跟任何人講話。不想受到態度好壞差異的影響，生活在難以言喻的平靜寂寥還比較輕鬆。

但是有個同學破壞了我和這個世界的相處模式，特意跑來打擾我。他是個怪人，上課時一直觀察我，下課時跑來找我講話。他邀我一起走去音樂教室時，就算我找藉口說有事要做晚點再去，他也不肯死心，說我「明明很寂寞還逞強」。

我不得已只好跟他一起走去音樂教室，結果他突然全力衝刺，轉彎時消失在我眼前。我走到轉角處，看見他睜著眼睛倒在那裡，像具屍體。我默默跨過去，繼續往前走，背後卻傳來屍體的聲音：「喂！你也說點什麼吧！」我不管他繼續走，於是他從後方追上來，反問的口氣像是覺得我很奇怪：「怎麼不笑呢？」、「我想你應該在搞鬼。」、「你真是個怪人。」你才沒資格說我是怪人。

總而言之，他是我不擅長應付的那型人，我們卻不知不覺成為好朋友。我想他這麼堅持要跟我當朋友，應該是因為我們都是足球隊的；家又住在隔壁里，上下學時常常搭同一班電車，才會盯上我。

有一天，我們騎著同一輛自行車，從學校騎到淀川的堤防。路上遇上驟雨，兩個人哈哈大笑，淋成落湯雞。看到涼亭躲進去，涼亭卻沒有屋頂。雨停了也不管屁股會濕掉，並排坐在草皮上。

他問我將來想做什麼。我沒告訴過其他高中同學自己想當搞笑藝人，但是當下覺得跟他說好像沒關係。或許是因為我們坐在河邊，場景實在很青春！

「我接下來要說的事情很可笑，可是你不會笑我吧？」他很嚴肅地說：「我怎麼會笑你。」於是我向他坦白：「我想當搞笑藝人。」說完之後我有點緊張，他卻很堅決地告訴我：「你一定當得成！」

我聽了很高興，於是問他將來想做什麼。「你一定會笑我，我才不要說。」他聽了我有勇無謀的夢想都不會笑了，我怎麼會嘲笑鼓勵自己的人呢。「我一定不會笑，你就說吧！」

他深呼吸了一大口氣，清澈的雙眸直勾勾地盯著淀川說：「我啊！總有一天要住進大阪城。」我聽完就笑了，心想這傢伙是個傻瓜，很後悔剛剛對這個傻瓜說了自己的夢想。他對我發脾氣，「你剛剛不是說不會笑我嗎！」我才想抱怨呢！

接下來我們說要趁下雨之前趕快離開，結果一不小心追上了才剛遠離我們的雨層雲，又淋成落湯雞。這是我第一次看到下雨跟不下雨的分界。追上雨層雲這種事情聽起來很像在騙人，我莫名笑了起來，一路蛇行回家。

到了秋天，學校舉辦校慶，每個班級都得推出咖啡廳或是鬼屋等活動。我們班決定要搭個簡單的舞台做搞笑表演。我很反對，可是其他同學都興沖沖地贊成，而且我明明跟他再三強調不准告訴別人我的夢想，他卻大聲宣布「阿又會想段子，大家不用擔心」，還對我擠眉弄眼打暗號。他也許認為是為我好，我卻覺得是給我找麻煩。

我得在校慶之前想出段子。表演雖然只有短短的三十分鐘，所有內容卻只能靠我一個人。但是實際開始構思卻很快樂。對口相聲、短劇、超短劇、多人短劇……最後以超大音量播放 THE BLUE HEARTS 的曲子〈Linda, Linda〉，大家一起在舞台上跳舞。

校慶當天，我們班的搞笑表演盛況空前，遠遠超乎我想像。然而我心裡一直有個很大的疙瘩——我只負責構思段子跟如何表演，實際表演都交給班上同學。因為我害怕到無法上台。

表演接近尾聲時，同學配合〈Linda, Linda〉的樂曲，在舞台上瘋狂跳舞的模樣充滿男子氣概，炫目得令我無法直視；想像自己上台跳舞的樣子也莫名地難為情。我總覺得同學一起跳很帥氣，可是如果我也參與了，一定會有一個超乎一切的力量對我說：「你不該出現在這裡。」

一年之後同學都還記得當初表演的喜悅，表示今年校慶也要做搞笑表演。我每天忙於社團活動，實在沒空參加。大家拜託我「只要寫段子就好」。儘管這句話很傷我的心，我卻還是接下了這個任務。然而我真正害怕的是沒辦法跟大家一起跳〈Linda, Linda〉。

結果我因此鑽牛角尖，和他吵了起來。導火線是他明明說要幫忙，實際一起想點子時只說得出「反正放屁就對了」。另一方面，他沒跟我說一聲就離開了足球隊，害我很寂寞。但是我很喜歡構思段子，可能只是想對他發脾氣也不一定。

校慶當天，我因為要參加足球比賽無法出席。聽說那一次比一年前更加熱烈，我眼前浮現大家跳〈Linda, Linda〉的模樣。

升上三年級，我們沒有和好便各自進了不同班級。他為了上大學，選擇升學班。然而我打從夏天開始就沒在學校看過他，又過了一陣子傳出他輟學的消息。他這個人又傻又愛面子，對外一定是假裝不在乎，其實心裡很痛苦，很想來上學。我非得阻止他做錯事才行。

我去教職員辦公室問他的導師，有什麼方法能夠補救。對方交給我一堆作業，我馬上聯絡他。我們單獨見面時，我告訴他現在回學校還有機會畢業，他道謝完之後卻告訴我輟學是因為經濟因素。原來我的好心不過是雞婆。

回家路上，我因為悔愧而在電車上大哭。一對二十多歲的男女看到我哭泣的模樣，竟然開始賭錢：「他是因為比賽輸了在哭吧？」、「是因為被甩吧！」我心想這對情侶未免也太不懂得體諒別人時，女方居然來問我：「你怎麼了嗎？」這世上竟然真的有人會為了賭錢而任意詢問他人的隱私，我嚇到眼淚瞬間收乾。

我第一次體會到，世上真的有人想念書卻沒辦法繼續念，所以開始認真念書。我告訴班上其他同學這件事，結果全班的平均成績進步到把老師嚇了一大跳，原來大家都是很單純的傻子。

又過了一陣子，他打電話告訴我「我要去東京做音樂」，還說「要住在名叫立川的地方，在東京正中央」。我心想住在東京正中央好厲害。

到了冬天，我升上高三，退出足球隊，為了見他第一次去東京。那時候是一九九九年一月。我坐新幹線到東京車站，換乘中央線前往立川。到立川時正好是半夜十二點。立川車站北口蕭條冷清，每吸入一口冰冷的空氣，和失戀一樣哀傷的心情便在心中迴響。立川成為我第一次接觸東京的體驗，當時的焦躁心情就是我對東京的感觸。

我走在東京正中央，呼出白色的氣息，同時心想東京的正中央怎麼這麼安靜呢？

二十三　映入眼簾的排水溝

八月的下午，我一個人在街上漫步，和我擦肩而過的男女，許多人都穿著浴衣。我悠哉眺望人潮，心想今天大概在舉辦慶典吧！一名不是穿浴衣的女子掉頭小跑步回來，仔細盯著我的臉開口：「你是Peace的成員嗎？」對方和我年紀相仿，看到我點頭，大聲地說：「你也太沒有藝人的氣勢了！」同時用力拍打我的手臂。

我覺得很丟臉。不是因為對方說我沒氣勢，而是被大力拍打的那隻手臂真的很痛。我沒氣勢為什麼要打我啊？這個人腦袋一定有問題。她向我說了句「加油」，又小跑步回到在前方等待的朋友身邊。以為說聲「加油」，對方就會努力是大錯特錯。這個女的害我至少減壽兩年。

話說回來，穿浴衣的人還真是多。究竟為什麼呢？看到這麼多人穿浴衣，讓我莫名覺得被排擠。現在想起來前幾天有人提到「這星期有煙火大會」，也許就是今天吧！想起那番對話，心底突然有什麼東西彈了出來。我很喜歡煙火，住在老家時每年都很期待煙火大會。彷彿地面震動引發的巨響貫穿全身，壯觀的煙火在夜空中綻放，群眾瞬間發出歡呼聲。我在歡呼包圍中徹底傾倒在煙火之下。從此，我打從心底迷上煙火。

來到東京之後，我和煙火卻漸行漸遠。首先是在這裡沒朋友，不會聽到任何關於煙火大會的資訊。通常都是當天才知道有煙火大會，找不到人跟我去，猶豫到最後就是不去了。

話雖然這麼說，我還是曾經鼓起過幾次勇氣，一個人前往隅田川等煙火大會。好不容易抵達現場，卻又因為不敵人潮擁擠、熱氣瀰漫與眾人的情緒，光是聽到煙火的聲響就逃走了。為什麼我會這麼害怕呢？

那是到東京的第一年夏天，晚上我騎著破破爛爛的摩托車，從吉本養成所的所在地赤坂騎回三鷹的家。騎到一半，突然傳來一聲轟隆巨響。我以為開戰了，卻看到夜空中出現煙火。雖然我很想停下來看煙火，卻因為綠燈而不得不繼續往前騎。左往右往，轉來轉去，卻都只聞其聲，不見其影。想到就算找到了，剛剛尋找的二十分鐘也不會回來，一股想哭的衝動湧上心頭，我改變主意，決定回家。

耳邊一直傳來煙火的聲音，難道是幻聽了嗎？我莫名地想逃離煙火的聲響，於是停下摩托車，戴上耳機，把音量調到最大。儘管如此曲子和曲子之間還是傳來煙火的聲響。難道煙火也變成鬼怪，陰魂不散了嗎？結果一輛電車從眼前通過，原來那些轟隆聲不過是電車行進的聲音。

如果今天是煙火大會的日子，我得趕快逃走才行。光是聽到煙火的聲音，我就覺得自己被東京排擠。雖然好像又聽到了煙火轟隆作響，其實可能跟那天一樣只是電車的聲音而已吧！

我被陌生人拍打的手臂上綻放出淡粉色的煙火。大家看得到煙火真好，映入我眼中的只有排水溝。

二十四　五日市街道的朝日

十八歲那一年，我因為唯一一個打從心底認定是壞朋友（不是反諷）的人，決定去東京畢業旅行。結果來到東京不到一小時就開始覺得無聊了。因為我從大阪千里迢迢來到立川，壞朋友卻要我在休息室等他打工結束。我本來期待到東京能受陌生景色刺激，結果被迫在休息室無所事事，實在很痛苦。

「我好無聊喔！」、「那你要結帳看看嗎？」壞朋友提出意想不到的建議，興奮的我兩分鐘以後便換上便利商店的制服，站在收銀機後方說「歡迎光臨」。

「你要更面帶笑容，聲音也要響亮一點。」聽到壞朋友取笑我，我於是使出足球賽時的腹式發聲法。「你這樣太凶了，人家會以為你在生氣！」原來聲音不該低到變男低音，應該選用男高音的音域。

於是我清了清喉嚨，調整一下嗓子，免得嚇到下一個客人。但是下一個客人跟下下一個客人聽到我招呼，還是露出訝異的神情。我究竟是哪裡做不好呢？壞朋友笑著說：

「店員頂著光頭又滿臉鬍子很可怕啊！」

鏡子裡的我的確剃個光頭又一臉鬍鬚，加上臉頰消瘦凹陷，看起來跟通緝犯沒兩樣。接下來試著用女低音的音域，把聲音調整得更溫和一點吧！正當我心想不能這麼輕易就放棄，不能一下子就自暴自棄，應該多方嘗試才行時，突然回過神來：「我千里迢迢來到東京，怎麼突然打起工來了？」差點就要幫朋友免費服務了。我於是脫下借來的制服，回到休息室。

店裡除了壞朋友，還有另一個計時人員。對方休息時間走進休息室，我於是試著和他聊起壞朋友，想藉此撐過這番尷尬的局面。壞朋友來到東京似乎假裝自己是十九歲，我也只好假裝十九歲。壞朋友的同事似乎也是十九歲，當對方說「那我們同年級吔！」時，我也只能勉強裝出平輩的口吻回應：「對、對啊！」

我想最好不要主動開口，於是一個勁兒地聆聽對方談論壞朋友。然而我越聽越笑不出來，對方口中的「那傢伙就是這種人對吧！」說的全都是我的事。我在學校的角色、足球經歷和體驗……壞朋友似乎把我的故事當作自己的經驗告訴對方。為什麼他要這麼做呢？

我沒辦法開口問壞朋友為什麼，甚至為了提升謊言的可信度，把本來拿來炫耀自己參加大阪府選拔賽的制服送給他。我心想這個謊言絕對不能被拆穿。我本來以為壞朋友是個傻乎乎的人，卻意外看到他瘋狂的一面，讓人不寒而慄。聽到後來甚至想把他偷走的記憶都送給他，覺得這些回憶一點意義也沒有。

「又吉，那傢伙的事你都知道吔！」他說的其實都是我的事，我當然很熟。「沒有啦！只是我們一直很親近……」這麼一回答，我開始不知道自己究竟是誰了。

隔天早上，我和壞朋友走去他家，離車站有好一段距離。可能是看到我來很高興，他跑向柵欄用力撞上去，倒在地上對著天空笑。看來這傢伙也碰到很多事吧！

話說回來，眼前是一片廣闊到令人六神無主的原野，這裡真的是東京的中心嗎？我該不會上當了吧？我開口問壞朋友：「立川哪裡算東京的中心啊！」他說：「我沒說市中心，我說的是正中央。你看地圖就知道是在正中央了。」原來是這麼一回事。是說我把我的學生時代送給了你，你的學生時代又是遺棄在東京的哪裡呢？

照亮五日市街道的朝陽刺眼煩人，怎麼走都走不到朋友家。我開始感到不安，究竟還得走多久呢？

二十五　垃圾桶與垃圾桶之間

垃圾桶與垃圾桶之間有個垃圾。為什麼會發生這種事呢？

如果是可燃垃圾，就該丟進可燃垃圾的垃圾桶；如果是不可燃垃圾，就該丟進不可燃垃圾的垃圾桶。掉在兩者中間是因為既不是可燃也不是不可燃嗎？那麼你究竟是什麼垃圾呢？

已經燃了的垃圾？沒有心要燃的垃圾？現在正在燃的垃圾？有一點不可燃垃圾？還是燃過頭的垃圾？腦袋裡雖然復健無數種可能和想法，不過用肉眼判斷一看就知道是易燃的面紙。

既然如此，會掉在這裡就是另有其因。難不成是那個在內心強烈祈禱，只要丟進垃圾桶就會實現願望的邪惡儀式嗎？例如：「要是丟不進去，那個女生就會討厭我」、「要是丟不進去我就去死」、「要是丟進去了，我就會考上」或是「要是丟進去，就可以去買喜歡的衣服」。

這種行為因為是邪惡的儀式，當然能夠破例遷就。舉行儀式的人具有絕對優勢。這個儀式沒有國際通則，可以把自己認為丟得進去的地方當作起點。就算丟不進去，偏掉的瞬間在心裡默唸「可以丟三次」，就能再丟兩次。發現合適的地點，還能自由地改變距離，甚至在偏掉的瞬間衝向垃圾桶，把掉下來的垃圾當作籃球灌籃，大喊一聲「安全進網！」

要是連這種隨心所欲的行為都失敗，那可真是個笨蛋了。這個人沒有任意改變規則，應該是個無法妥協的老實人吧。這個掉在垃圾桶與垃圾桶之間的可憐垃圾，或許是老實笨拙的人留下來的正義象徵。

不，如果真的是個老實守規矩又充滿正義感的人，才不會把垃圾放在垃圾桶與垃圾桶之間。那麼這究竟是怎麼一回事呢？難道是垃圾桶出現之前就已經出現的垃圾嗎？或是這個垃圾其實背後隱藏了可怕的故事，許多身強體壯的男人想把它丟掉，反而遭遇橫禍，離奇死亡呢？還是我看到的其實是幻覺呢？

越想疑問越多，要是不去想這些事情，我早就去服飾店買了好看的開襟衫，去蕎麥麵店吃了天婦羅蕎麥麵，把明天要用的東西收進包包裡……真是白費心力，浪費時間。為了避免出現其他像我這樣的被害人，垃圾就該好好丟進垃圾桶。這個垃圾或許是垃圾界中的突變，是要提醒人類「垃圾就該丟進垃圾桶」這個理所當然的道理。

話說回來，這個光景還真是骯髒。

二十六　國立的黎明

十八歲的我們迎來黎明。一個人說「聽說這裡叫國立是因為在立川跟國分寺中間」，另一個人說「你一定是在騙人」。

住在立川的朋友說：「我要回大阪，家具都不要了。」我出於惡作劇心理，和當時的搭檔橡皮筋戰隊的兩個朋友，一起把所有家具搬到我在三鷹的公寓。

結果那天立川的朋友打電話給我，說他家遭小偷，我在他報警之前把他找來我家。他走進我房間，環視當初他買齊的家具後說：「來到這裡莫名安心呢！」我告訴他真相後，他笑出來：「難怪我在這裡異常安心。」最後他只要求我還一樣東西，就把一個平淡無奇的鬧鐘帶回去了。

II

二十七　高圓寺的風景

高圓寺是個標榜充滿人情味與異想天開的地方。這裡借用德島的知名舞蹈阿波舞，以「東京高圓寺阿波舞」之名來振興當地。由此可知這裡的風氣自由奔放，不受拘束。

例如某個夏天夜半，我進入無人的高圓寺車站前的公廁上廁所。明明其他小便斗都沒人用，那個髒兮兮的阿伯不知為何就是要站在我背後。沒有人了解我當時心裡有多害怕。我用力轉動頭部，左看右看，開口問阿伯究竟想做什麼，死命地提防，生怕他對我撒尿或是一刀刺過來。

阿伯向我說了好幾聲對不起，卻死也不肯離開我背後。他究竟為什麼要這麼做？我只得強忍殘尿的不適感，逃出廁所。結果阿伯還留在原地，繼續道歉個不停。

又譬如說另一個冬天黎明之際，喝得酩酊大醉的男人對龐克風打扮的陌生女子搭訕，正當我以為女子要用充滿殺氣的眼神瞪視對方時，她突然往前衝，跳起來朝別人停在附近的藍色腳踏車踹了一腳，便若無其事地離開。這真是太可怕了。

高圓寺就是這樣充滿光怪陸離景象的地方。我二十歲出頭時，住在這裡的某棟老舊公寓，公寓牆壁很薄，薄到聽得見鄰居嘆氣。看電視時，我必須盯著天花板在內心命令二樓鄰居不要動。對方光是在房間裡移動，電視畫面就會因此模糊。

有一天住在二樓的中國籍女子大幅搬動房間家具位置，在不該放東西的地方擺了家具，結果我的電視就什麼也看不到了。我老家也是這樣，所以微微湧起一股懷念之情。不過一想到什麼也看不到，我馬上回過神來：現在可不是懷舊的時候。到了週末，似乎是她男友來訪。他們每到深夜就會吵架：「為什麼你不懂我呢？都沒有人了解我！」

我知道她每天早上六點就出門，就在樓下默默點頭：「我知道妳很努力喔！」她一定沒想過了解她的人居然離她這麼近。兩個人吵架太大聲時，我會站起來敲敲天花板。這時候她一定會對男友說「你看——」然後恢復平靜。充滿回憶的公寓，後來因為老舊而拆除。

我在公寓印象最深刻的回憶是那名中國籍女子。有一次她和男朋友出門時剛好下雨，兩人因為沒有傘而大吵一番後，硬是把我掛在門口信箱上的塑膠傘拿走。我明明聽到整起事件的聲響，卻假裝不在家。當我透過窗簾縫隙向外望去時，發現她拚命舉高手，怕男朋友淋濕。

我直到現在去高圓寺，還是會去瞧瞧過去公寓的所在地。一走到那裡，腦中便響起阿波舞的劇烈聲響；閉上眼睛，眼前便浮現麗克風女子踢倒藍色腳踏車之後，二十歲的我默默把那輛屬於我的腳踏車扶起來的模樣。

跳舞的是笨蛋，看的人也是笨蛋。既然都是笨蛋，不一起跳就虧大了。

二十八　明治神宮的朝霞

Peace是在二〇〇三年十月成立。當時我在八月底剛結束上一個搞笑二人組「線香花火」的活動，沒自信獨自繼續搞笑，想說去京都出家算了。

跟我同梯進入養成所的綾部當時也剛和搭檔拆夥，他對我說：「二十多歲就出家不會太早嗎？」我雖然不知道幾歲出家才是合適的年齡，不過聽到他這麼一說，我想也有道理，於是放棄去京都。

後來他邀我一起搞笑，我們約好在原宿見面，具體討論組成搞笑團體的事。當時他在原宿的卡拉OK店打工。

見面時天還沒亮，我們在竹下通入口的吉野家吃完牛肉蓋飯之後，不知為何去明治神宮拜拜，並肩坐在廣場的長椅上。

聊了很多之後，我決定試著和他搭檔。這種時候的理想畫面是閃電伴隨轟隆雷響打在明治神宮的本殿上，又像一條龍似地彈回去，直升天際。不曾見過的美麗鳥類發出鳴叫，彷彿宣布「傳奇就此開始」，我倆組成搭檔就像是命中註定。然而實際情況卻是附近的老人開始做起體操來，氣氛一片祥和。

總之新的一天來臨了，充滿希望的早晨來臨了。

二十九　勝鬨橋的憂鬱

我曾經在酷暑時做過舉看板的臨時工，身穿西裝舉著「樣品屋由此去」的看板一直站著。

舉牌子的地點是勝鬨橋。雖然中午可以休息三十分鐘，我還是熱到神智不清。當地交通量很大，車子一台接一台從眼前經過。自己以外的所有人看起來好像都很快樂。每當帥氣的車子開過去，我總會悄悄地說：「打擾了。」

在我心裡，我已經坐上那輛車的後排座位，請對方一路快速飆向海邊。這些幻想能讓我稍微清涼一點，不過實際上我還是站在柏油路上，繼續舉看板。

為什麼要叫「勝鬨橋」這個名字呢？我根本聽不見勝利的號角聲，來到東京之後只是不斷失敗，失敗到可以拿到失敗冠軍，而路上的黑色塊狀物則是被壓扁的動物屍體。

三十　下落合的天空

綾部和我組成 Peace 之後的第一份工作是去下落合的職業學校表演，那所學校的學生都是留學生。我們在講堂表演對口相聲。沒有一個人聽了之後發出笑聲。我們表演時，坐在最前面的外國人一直對我們比中指，對我們罵「Fuck you」。我當作他是對搭檔抗議。但是表演到一半，我倆拉開距離時，對方很明顯是朝我比中指。為什麼要針對我呢？

結束之後，我們為了完全沒有炒熱氣氛一事向活動委員道歉。結果對方卻表示：「別在意，他們才剛來日本沒多久，不懂日文才不會笑。」咦？那為什麼要找我們來呢？雖然語言不通，我們都在同一片天空之下……我完全想不到任何正面積極的想法鼓勵自己。

三十一　高圓寺中通商店街

房東表示幫忙打掃共用廁所，房租就能便宜五千塊，於是我以每個月兩萬五千圓租下原本三萬圓的公寓。然而打掃別人弄髒的廁所實在有害身心健康，看到辛辛苦苦清理乾淨的廁所隔天又變得髒兮兮，不禁懷疑鄰居是故意用排泄物來攻擊我，心情真的超級惡劣。

有一天晚上，我喝得醉醺醺地回家，突然一個人說起單口相聲。明明我之前根本沒有這種習慣，平常也絕對不會給別人看到這副模樣。可能是那陣子太累了。

就在此時，隔壁房的鄰居怒吼一聲：「吵死了！」沒人要求卻一個人說起單口相聲，又被成年人打從心底喝斥。丟臉到不行的情緒和打掃廁所一事在我心中混成一團，我為此火冒三丈。

幾天後，後輩來找我玩。正當我們聊天時，隔壁鄰居又用力敲牆壁，破口大罵：「吵死了！」我心中的怒火頓時爆發。

我拿起手邊的雜誌，大喊「吼個屁！」一邊朝牆壁用力丟去。然而攤開的雜誌無視我的怒氣，緩緩劃出一條弧線便掉下來，連牆面也沒碰到。後輩拚命憋笑，打開窗戶眺望中通。

三十二　巢鴨拔刺地藏菩薩

巢鴨是個充滿風情的地方。據說當地高岩寺奉祀的拔刺地藏會保佑信徒長命百歲。傳說很久很久以前，一名虔誠信仰地藏菩薩的女性死期將近時，出現一名不知名的僧侶用錫杖把來到她床邊的死神打跑了。

不想被總有一天會來到床邊的死神說出以下的話：「好了嗎？」、「這裡房租多少？」、「十、九、八……」、「你睡覺的時候，眼睛是睜開的喔！」、「不好意思，我還是研習生，請讓我照著教本念。」、「我可以開燈一下嗎？」、「我鐮刀差不多要揮下去了，要是會痛的話請舉右手。」、「喂！不要裝睡！」、「不好意思現在才說，不過你已經死了。」

三十三　世田谷公園近乎窒息的風景

二十三歲時，我和綾部組成搞笑二人組「Peace」。那時候我們常常在三宿的親子餐廳構思段子，完成之後移動到後方不遠的世田谷公園表演看看，完成段子。當時我們每星期都定期參加發表新段子的現場表演，其他相聲和短劇表演也都必須提出新段子，幾乎每天都在親子餐廳待到深夜。店員似乎把我們當作想靠飲料喝到飽撐到早上的討厭鬼，比起其他客人，接待我們時比較從容，總是流露一副把我們當作朋友的態度。當然這一切也可能是我的被害妄想。

我每晚都受到罪惡感折磨，不敢一個人走進餐廳。不是躲在餐廳附近的陰影處確定搭檔已經進去，就是看到搭檔的摩托車已經停在餐廳的停車場再走進去。

有一次我看到停車場停了搭檔的摩托車，便放心走進去。進去之後卻找不到他，看來是有人騎了相同車型的摩托車來到店裡。

過了一會兒，搭檔走進店裡，所有客人都轉過去看他。他又是帽子又是墨鏡，只有勝新太郎等級的大明星才撐得住這副打扮。大家議論紛紛：「那個人是誰？一定是藝人吧！」我則是大明星的經紀人。他在所有人的凝視下入座沙發，當他摘下帽子和墨鏡的瞬間，其中一名客人小聲說了一句：「那是誰啊？」大家當然不知道我們是誰，畢竟我們不過是靠著飲料喝到飽撐到早上的麻煩人物。應該要做符合身分的打扮。想段子想到半夜時，我總是很想吃甜食，偏偏又沒錢，為此煩躁到不行。

就在此時，一個全身是血的男人走進來大吵大鬧，似乎喝得酩酊大醉。他對店員大喊大叫：「喂！給我葡萄酒！」因此跟店員吵了起來。我實在很氣憤，人已經很餓了，又因為這傢伙很吵，沒辦法專心想段子。

我不禁脫口而出：「阿伯只會給人添麻煩，一點用也沒有……」明明自己給人添麻煩的等級跟阿伯也沒差到哪裡去。過了一會兒，警察來店裡把醉漢帶走，餐廳恢復寧靜。結果店員來到我們桌邊，向我們道歉，送了我很想吃的甜點當作賠禮。

這個阿伯真是有夠有用。那個夜晚，他在我眼中根本是神！糖分傳遍全身，提升了構思段子的效率，我們於是到世田谷公園試著表演看看。有些段子在紙上空談的階段很有趣，實際表演起來卻不是這麼一回事。我們之間經常發生這種情況，那天晚上也是一樣。可能是因為甜點讓我興奮過頭。距離我們五十公尺處，有兩個人彈吉他唱著意義不明的歌曲。就在我們大幅變更段子時，天漸漸亮了。

已經來不及想新段子，明天只能這樣上台了——我們懷抱這種心情，踏上歸途。綾部低聲耍帥：「就順其自然吧！」我則是一臉清醒的表情凝視天空，心想「這傢伙在說什麼狗屁話？」結果吉他二人組這時候竟然唱起了披頭四的〈Let It Be〉。〈Let It Be〉據說翻成中文也是順其自然的意思。

這個故事有點浪漫，叫人討厭。直到現在，我去到世田谷公園還是會有點呼吸困難，不過偶爾依舊會去。

三十四　澀谷道玄坂百軒店

走上道玄坂後往右看，就是百軒店的入口。我在這裡遇上好幾次警察盤查。我曾經問過警察：「我常常被盤查，請問你們挑選盤查對象有什麼標準嗎？」對方回答：「嗯，例如氣色很差，眼睛充血，有黑眼圈，臉頰消瘦之類的。」

要是對方的回答是真的，我大概會被盤查一輩子……

三十五　杉並區馬橋公園的黃昏

八年前左右，在有明曾經舉辦給新進搞笑藝人參加的現場表演。表演開始前，我們在樓梯平台排練，聽到上面樓層傳來「喂」的一聲。我抬頭一看，發現一名陌生男子俯視著我：「彩排幾點開始？」我回答：「十分鐘之後。」心想難得有態度如此蠻橫的工作人員而我竟然不認識，真是稀奇。

過了一會兒，樓梯傳來有人奔跑下樓的聲音。剛剛問我彩排幾點開始的男子跟另一名男子跑來向我道歉：「不好意思！剛剛是我認錯人了！」原來這兩個人都是後輩。這就是我和搞笑二人組「SIZZLE」相識的經過。認錯人的是池田，一起道歉的是村上。

那天我身穿黃色T恤和綠色褲子。表演開始後，我才察覺有人跟我一樣身穿黃色T恤和綠色褲子。看來他們是把我跟那個人弄混了。下一次一起表演時，我發現村上踢過足球，於是邀請他來參加我隸屬的球隊「鴉」的練習。他也表達了強烈的意願。謠傳他畢業於東京足球隊實力強大的學校，加上本人態度積極，相信實力應該相當堅強。

我們是在杉並區的馬橋公園練習，那裡的足球場不需要付費。我當時住在高圓寺，大家在高圓寺車站前集合之後，一起來公寓找我。要是讓大家知道長自己四歲的前輩住在沒有冷氣、窗戶與浴室的公寓，恐怕會夢想破滅。所以我總是走出公寓，到隔壁的日式甜點店前面等待大家。

到了馬橋公園，我和村上兩人一組練習。由於我們完全不了解彼此，於是一邊傳球一邊閒聊。他和我同年，喜歡閱讀，特別是村上春樹的作品。我也喜歡村上春樹。我們聊起村上春樹的作品，氣氛稍微熱絡了起來，感覺能和他當好朋友。

接著又聊到學生時代的背號，一聽到我說自己是十四號，村上興奮地表示：「我也是！」我於是提到荷蘭的知名選手約翰・克魯伊夫（Johan Cruijff）也是十四號。

村上聽了卻說：「克魯伊夫是很厲害沒錯，不過我選十四號是出於其他原因。」我問他理由，他明確表示是「因為三杉淳」。三杉淳是漫畫《足球小將翼》裡的人物，號稱要是沒有心臟病就會是全日本最厲害的選手。

他不是在開玩笑。《足球小將翼》的漫畫迷當中，的確很多人喜歡三杉淳。但是我在意的不是他選擇和漫畫人物同背號，而是三杉淳這個名字。村上的全名是「村上純」。雖然漢字不一樣，日文的「純」與「淳」發音相同。他喜歡的作家是「村上春樹」，喜歡十四號這個背號是因為「三杉淳」。「村上」與「淳」……這個人喜歡的不是村上春樹和三杉淳，其實是自己吧。有什麼辦法能證明我的推測正確呢？我決定試著問問看另一個問題：「村上，你有喜歡的演員嗎？」

「我喜歡村淳，他很帥對吧！」村淳是演員村上淳的簡稱。這時候我終於確定自己的猜測無誤：「你這傢伙最喜歡的其實是你自己吧！」這一瞬間，我不再對他客套，終於說出真心話。

太陽開始西下，公園裡的孩子紛紛準備回家。我們在寬敞空闊的球場一直踢球到天都黑了。

三十六　堀之內妙法寺的雨夜

那個劇團每年只會來我住的村莊一次。我坐在前面數過來第二排的位置，因為太期待公演，我一下子把太大的背包放在膝蓋上，一下子又塞到椅子底下，慌張忙亂的模樣真是醜態百出。舞台上是神官與巫女站在布幕前方以超大音量彈奏電吉他。公演前總是這幅光景。

一名男子頂著啤酒肚，手持麥克風，配合吉他的表演走上台，宣布表演即將開始。世界各地的電影院和劇場都反覆使用這個音效，相信大家應該也都聽過才是。他就是發出宣布開始的那個音效「嗶」的人。他家世世代代都有一副鐵嗓子，負責那聲開始的「嗶」。聽說古早時代的奧林匹克和世界大戰也都是由他的祖先負責宣布開始。舞台就在男子的吶喊之下拉開序幕。

但是公演開始的當下，我前方一名臉長得像圓形燈籠的女人居然跟右邊的客人聊起天來。居然有人在公演時聊天！

劇團一年才來一次，為什麼非得在公演時聊天呢？她有什麼權力可以在公演時聊天呢？我對燈籠女的意見一點興趣也沒有，四周的觀眾也都皺起眉頭，露出厭惡的表情。但是燈籠女完全沒發現，繼續說個不停。想到還要繼續聽燈籠女囉哩囉嗦個不停，心情便鬱悶起來，完全無法專心看公演，甚至心想是不是該請工作人員幫我換個位子。看著看著，我開始擔心團員會不會被愚蠢的燈籠女惹火，以後再也不來了。偏偏她又坐在第一排，舞台上的團員應該也很在意。

燈籠女越說越誇張，肢體動作大到幾乎把舞台左方遮去一半。大部分的觀眾視線都遭到燈籠女阻擋。正當大家想起身抗議時，劇團的老團長拿來一台小電風扇，放在不斷聊天的醜陋燈籠女前方。他一打開電風扇，燈籠瞬間爆炸，化為碎片。

觀眾紛紛拍手歡呼，而我的眼睛則被燈籠女身上的白色衣服碎片遮住。我甩頭抖下碎片，張開眼睛才想起自己在傘裡。

方才突然下起雨來，一名異常高大的戴帽男子拿出一把黑傘，拯救了狼狽不堪的我。傘面滿是鮮豔的圖畫，裡面畫的是一名女子長得像表演時囉哩囉嗦的燈籠女，因為小型電風扇吹出的風而化為碎片。雨滴敲打在傘面上，傘面的圖畫也隨之晃動，彷彿化為卡通。

　　我心想這把傘還真是奇妙，又突然回過神來。在半夜的妙法寺中，黑暗化為銀幕，投射出各種稀奇古怪的風景。再次踏出步伐，故事又變了。雨傘是劇團發給小孩的道具，提醒小孩表演時要保持肅靜。劇團即將開始表演，就在半夜的妙法寺裡。

三十七　幡谷足球場

我一直到高中畢業之前都是足球隊成員，幾乎天天踢球。畢業之後立志當搞笑藝人，離開家鄉，來到東京。想當上搞笑藝人，必須和過去的自己訣別。於是我把心愛的釘鞋跟足球都留在老家，發誓再也不踢球了。

後來進入吉本的搞笑藝人養成所，前輩問大家有沒有踢過足球。我一說自己有十年經驗，前輩便要求我去參加比賽。才不到兩星期，我便打破自己立下的誓言，叫家人把釘鞋跟足球寄給我。比賽的球場位於幡谷。前輩安排我進入所有隊員都是搞笑藝人的隊伍。我一直到高中都是在以足球隊聞名的學校踢球，練習比賽的對手都是職業隊的二軍和大學生。我在心裡默默發誓跟業餘人士踢球時不可以使出全力，要讓大家享受踢球的樂趣。

比賽開始後，大家水準比我想像的要高得多，其中又以一個貌似日裔巴西籍第三代的阿伯隊友特別厲害。那個人就是比我早進入搞笑世界的「Penalty」的脇田。另外還有一個後衛，既能傳出讓隊友直接射門的傳球，又能自己盤球穿越對手，自行射門。這個後衛就是「Penalty」的中川。守門員貌似一般上班族，身穿西裝、戴眼鏡又梳三七分頭。他一站上球場便屢屢使出神技，守住多發射門。這個守門員就是「Karika」的林克治，也是前輩。

等到我回過神來，已經因為前輩的刺激而火力全開，鏟球踢到對方而遭判犯規，和對手起了一點爭執。我又兩三下打破了自己的誓言。本來應該是大家一起快快樂樂踢球，結果搞得連同隊的前輩都對我有點反感。

從此之後，每個禮拜去幡谷踢球成為我的習慣。過了幾年，前輩越來越忙，參加的人越來越少。之後雖然持續了一陣子，球隊最終還是在不知不覺中解散了。那之後再也沒有全部都是搞笑藝人的球隊，取而代之的是細分成好幾個隊伍。

這些隊伍偶爾會聚在一起踢球，每個人的體力都隨著年齡下降，沒辦法像以前一樣迅速移動。只有三人組的前輩「B course」的羽生例外。自從我十九歲和他一起踢球以來，這十年來只有他一直進步，比以前更快、更強、更厲害。

過了二十五歲，我開始學會單純享受踢球的樂趣。當時我們和陌生的球隊比賽，對方是學生組成的隊伍。對方代表問我們成員的組成，我不知為何告訴對方，我們是公司同事。比賽時故意說些「課長傳球！」、「組長，這裡有空隙！」之類的話。就算真的是公司同事，比賽時才不會這樣叫對方吧！

對方一開始也半信半疑，等到看到姍姍來遲的林克治頂個三七分頭、戴眼鏡又穿西裝，不僅是我們，連對方隊伍都竊竊私語起來：「部長來了！」完全說服在場所有人。當天比賽因為部長大發神威，徹底守住球門，讓球隊取得勝利。

之後「Karika」和「B course」解散，林克治放棄搞笑藝人這條路，羽生則是獨自搞笑。然而直到現在，只要在劇場遇上當初一起在幡谷踢球的前輩，我們總會聊起足球。這點打從十幾歲以來就不曾改變。

三十八　東京某處的室外機

「這裡沒有空間放室外機，沒辦法裝冷氣吔！」二〇〇九年，家附近二手商店的店員對我這麼說。

因為有了一筆臨時收入，我打算買台冷氣好撐過夏天。然而我住的那棟屋齡六十年的老公寓，當年建設時沒想過居民會裝冷氣。現代都市裡建物林立，幾乎沒有空間通風，夏天沒有冷氣實在很難過日子。電風扇只會帶來溫熱的空氣，吹動我的瀏海而已，一點用也沒有。

為了好入睡，我脫個精光，用涼感濕紙巾擦拭身體，想辦法在全身涼颼颼的十分鐘以內入睡。有時也會發生醒來全身噴汗的可怕狀態。

解決方法是裝設窗型冷氣，這樣就不需要室外機了。實際上我也收過掉下來的窗型冷氣。可是老公寓的木框太脆弱，承受不了冷氣的重量。我裝不了又沒辦法把收下的禮物馬上丟掉，只好先放在房間裡。

某個晚上，我受不了炎熱的天氣，於是把冷氣插上插頭開來用。涼爽的微風吹到我窺視通風口的臉頰上，這下子終於能入睡了。為什麼我不一開始就這麼做呢？之前的耐熱體驗簡直是愚蠢的噩夢。我懷抱著自己怎麼這麼蠢和終於擺脫炎熱的心情睡著了。

卻在幾分鐘後，因為難以置信的炎熱而醒過來。那台窗型冷氣因為沒有室外機，熱氣直接從冷氣機吹出來，悶熱的臭氣充滿整個房間，害我沒辦法呼吸。我急忙打開窗戶，然而為時已晚。

走出房間，徐徐晚風帶來涼意，舒爽宜人。我到底為什麼租下那個房間呢？這樣的夜晚走在路上，映入眼簾的盡是室外機。外面居然有這麼多室外機！有這麼多室外機就表示有這麼多冷氣，也代表有這麼多人是在涼爽的房間裡睡覺。室外機的數量代表我輸給多少人。

有一陣子我默默因為室外機的數量而感到自卑。當時我和後輩「Milk Crown」的 Gentle 深夜走在住宅區，熱烈討論起晚一年入行的「Russian Monkey」，「他們真的很有意思，我很喜歡他們！」附近公寓的居民突然打開窗戶破口大罵：「吵死了！『Russian Monkey』是誰啊！」我們真心感到抱歉。

半夜因為不認識的「Russian Monkey」這種猴子的話題而被吵醒，的確很值得生氣。那間公寓的室外機數量跟房間一樣多，要是有冷氣就能馬上睡著吧！睡夢中會有俄國的猴子大鬧吧！

三十九　駒場的日本近代文學館

某天黎明時分，我正要幫盆栽澆水時，和從陽台方向冒出的流星撞個正著。流星嘖了一聲，表達對我的不耐。不過它卻對盆栽笑著說了聲嗨，朝著還沒亮起的天空飛去。我有點火大，所以朝它喂了一聲。它雖然回頭了一下，卻因為正飛快地前進，一路飛散掉落，朝拂曉的天際飛去，再也看不到身影。

我一直凝視流星的蹤影，想著明天直接去跟它抗議。我把掉落了巨大石塊與細小碎片的地方標記起來，走進房間尋找口琴。因為我在書上讀過「流星會偷口琴……」但是我找不到房間內的口琴。難道真的被流星偷了嗎？不對，我打從一開始就沒有口琴。等到我發現這件事時，吉田拓郎精選輯《ONLY YOU》已經播兩遍了。

一直尋找不存在的口琴，我也累了，於是走出房間去買飲料。一出門就看到有個男人倒在路邊。靠近一瞧，發現那個男人也是被流星衝撞的受害者。他說想要報仇，於是我把藏在懷裡的手槍借給他。

隔天，我到巨大石塊掉落的地方散步，發現附近是駒場公園，裡面有一棟名為「日本近代文學館」的建築物。一看到建築物，我的直覺告訴我流星就在這裡。文學館裡展示了許多作家與詩人的原稿，我在裡面發現了流星。原稿的標題是〈和流星搏鬥的故事〉，所以一定是在這裡沒錯，作者名叫稻垣足穗。稿子的歷史悠久。「看完歌劇表演回家的路上，我的汽車撞上轉彎的剎那流星……」

果然是這個人沒錯。故事大意是男人和流星打成一團，因為撞到頭而昏迷。後來他回到家，把子彈填進手槍裡，走上屋頂朝流星開槍。這下子我終於明白了，昨天路倒的男人用我借他的手槍去射流星。

流星旁邊是稻垣足穗寄給雜誌總編的信件，內容是為了之前曾經催促對方刊登自己的作品而道歉，同時也表示會繼續努力提出足以被採用的稿子。親筆寫下的原稿充滿作家想要出名的氣概，但是這篇投稿也沒獲得雜誌採用的樣子。當我把〈和流星搏鬥的故事〉抄完時，館員告訴我已經到了閉館時間，於是我離開文學館。

傍晚時分，我從駒場一路走到下北澤，路上經過北澤一丁目的住宅區，租書店對面是二手書店。我一邊心想不可能，同時走進二手書店，確認每一本書的書背，發現稻垣足穗的《一千一秒物語》。這世上真的有書籍之神，同時也察覺流星的細小碎片是掉在這裡。〈和流星搏鬥的故事〉因為收錄在《一千一秒物語》中而得以面世。回家之後，我老是聞到燒焦味，還以為自己踩到流星的碎片，仔細一看，原來是鞋底沾了狗屎，而我還走了一路。

四十　三宿的住宅區

我二十歲出頭時，前輩「烏龍公園」的橋本很照顧我。他是個很神祕的人，不管什麼時候打電話給他，幾乎都會遇上他在洗澡。要是相信他每一句「我剛剛在洗澡」，他一天大概有十五個小時都在洗澡。他平常一副泰然自若的樣子，看到百貨公司陳列的鎧甲卻會獨自沉醉感動，「想到坂本龍馬也曾穿過這身鎧甲，實在讓人感慨萬千」。但是坂本龍馬的時代早就不穿鎧甲了。總之，我完全不懂他究竟在想什麼。

雖然現在我已經放棄了，但二十歲出頭時我還夢想要住在有院子的日式大房子裡。當時我常常和橋本一起在三宿一帶漫步。某天晚上，他突然在住宅區停下腳步，悄悄說了一句：「我將來想住在這種房子裡。」一想到前輩跟我一樣懷抱遠大的夢想，我非常高興。我順著他的視線望去，卻發現那不是寬敞的日式房屋，更不是高級大廈，而是普通的老舊低矮公寓。我真希望自己崇拜的前輩能夠立定更遠大的目標。

當時我常常去橋本租屋處叨擾，公寓的玄關門上有個經常出現在西洋豪宅門上的獅子門環，訪客要用獅子嘴裡的圈圈敲門。

我非常喜歡破舊公寓的大門和百獸之王獅子這種反差感。我曾經試著用獅子門環敲門，結果直覺敏銳的前輩問也不問就警告我：「你是拿前輩家開玩笑尋開心嗎？」

如同這個例子，我對橋本的失言次數不計其數。忘記當時聊到什麼，總之我熱烈主張駝色的燈籠芯褲子很俗氣，溫柔的前輩則默默聆聽我發表這些毫無根據的胡扯。後來去前輩家叨擾時，發現他不知為何坐在收納衣物的櫃子前面，跟平常不一樣。過了幾小時，等到前輩去廁所時我才恍然大悟：他原本坐的位置背後有一條駝色的燈籠芯褲子。

我假裝若無其事，對著在廁所裡的前輩說：「有條駝色的燈籠芯褲子還是比較方便。」廁所門後方傳來他的聲音：「打工的地方……規定員工要穿駝色燈籠芯褲子……我是說真的。」前輩的聲音在廁所發出回音，語氣非常溫柔，我只好老實地向他道歉。

過了一會兒，我走出前輩家後，發現自己忘記拿鑰匙，趕快回頭敲獅子門環，卻沒人應門。我豎起耳朵，心想「不會吧？」結果真的聽到沖澡的聲音。前輩真的在洗澡了！我凝視著獅子門環，腦中想像豪宅的模樣，在門外等待前輩洗完澡。

四十一　豐島園

那年夏天，我接連好幾天站在遊樂園豐島園架設在室外的舞台。有個搞笑藝人有股東優待券，邀大家一起去豐島園玩卡丁車。我的駕駛技術太差，別說是一起去玩的朋友了，連其他遊客都看到笑出來。我沒辦法把轉個不停的方向盤轉回平常的狀態，一直在原地打轉，轉著轉著時間就到了。我實在不懂卡丁車哪裡好玩。

我下車之後，後面排隊的人依序上車。剛剛我操作的車，換成一名年輕女子駕駛。場內響起通知開始的聲響，所有卡丁車一同向前奔馳，只有剛剛我操作的那輛車一直在原地打轉，女性駕駛開始瘋狂尖叫。因為我下車時沒把轉太多圈的方向盤轉回去。

原來卡丁車是這樣玩。我終於明白了。豐島園真是個莫名愉快的好地方。

四十二　在荻窪的澡堂看到的風景

我在沒有浴室的公寓住了很長一段日子，所以養成了去澡堂的習慣。平常是去一般的澡堂，例如吉祥寺的弁天湯、鶴之湯與萬屋湯。

每一間澡堂都歷史悠久，充滿風情。有時候我會跟住在附近的搞笑藝人後輩「JUICIES」的兒玉、「Panther」的向井慧一起去離家比較遠的綜合澡堂。

簡單介紹一下兩位後輩：兒玉小我四歲，情緒起伏大，做事我行我素，讓人難以了解，精神年齡相當於小學四年級的男孩。

譬如說有個寒冬夜晚，我們一起騎摩托車出門，身體快要凍僵。我提議大家去附近的店家喝杯熱可可暖暖身體。

兒玉明明贊成我的建議，到了店裡卻又點「葡萄蘇打」這種冷飲來喝。真是個麻煩的傢伙。

向井小我六歲，乍看之下是個爽朗開朗的好青年，其實內心是和自我意識搏鬥的高中男子。他異常喜歡收音機，擦得亮晶晶的巨大收音機像尊佛像端坐在亂七八糟的房間正中央。據說他會半夜一個人臉上帶著微笑，聆聽廣播節目。噁心是我挑選朋友的重要條件，向井確實具備這項條件。

那天我們約好三個人一起去綜合澡堂。同樣是車站，白天是學生和購物的家庭主婦來來往往，到了晚上卻搖身一變，看不見人卻聽得到配合民謠吉他嘶吼的歌聲。

到了綜合澡堂，兒玉異常興奮，跟去夏令營的小學生沒兩樣。兩三下就脫個精光，把衣服塞進置物櫃裡，應該很想趕快去浴場吧！他看到向井跟我一邊聊天一邊脫衣服，一直催促我們快一點。每次脫衣服都是我最慢，雖然已經成年很久，在眾人面前脫衣服還是有些難為情。我的精神年齡究竟幾歲呢？儘管兒玉一直抱怨，還是乖乖等我們脫完衣服。

我們接下來一起走進浴場，這時候兒玉興奮到最高點，突然大叫一聲，用力踢了向井的屁股一腳，發出一聲巨響。向井笑著要兒玉住手。我當場湧起不好的預感，默默加快腳步，打算走到兩人前方。兒玉迅速察覺我的意圖，大叫一聲「你也是！」便踢了我屁股一腳。

我完全不懂那句「你也是！」的意思！到底是什麼樣的心理才會興沖沖地去踢另一個成年人的屁股呢？之後我們三個人一起笑了一會兒，又是哪裡好笑了呢？

我們在露天池暖和屁股，同時眺望著荻窪。雖然稱不上美景，卻讓人印象深刻。

四十三　羽田機場的風景

當我心情憂鬱時，個性溫柔的朋友問我：「你知道飛機怎麼飛的嗎？」我懶得回答，沉默以對，朋友就自己說出答案：「飛機順風時不會飛，要逆風時才飛得起來。」閉嘴。我知道你想說什麼，可是我又不是飛機。

前幾天去羽田機場搭飛機。上飛機前要檢查行李，必須穿過名為金屬探測器的可怕安檢門。十幾歲時，我好幾次都因為穿過安檢門時發出警報聲，破壞了遠距離戀愛離別時的氣氛。從此之後，安檢門在我眼裡就是個惡魔。

穿過安檢門後要做的只剩搭飛機。一名負責安檢工作的男性看到我手裡拿著喝到一半的寶特瓶時，要我把寶特瓶交給他檢查成分。正當我為了現在的機器連成分都能分析而感動時，對方又馬上回來對我說：「成分不是很清楚，可以讓我聞一聞嗎？」我心想「檢查了也不知道，還要聞味道。誰要喝被不認識的阿伯聞過的飲料啊。」但是對方不過是盡忠職守罷了。

但是讓男子聞一聞寶特瓶的味道，對方可能還是會說：「聞了還是不清楚，可以讓我喝一口嗎？」喝了一口之後可能會繼續逼迫我：「這很好喝，讓我再喝一口。」讓他再喝一口，這下子他或許會說：「好喝歸好喝，不過我還是不清楚成分。今晚可以讓我去你家住一晚，把事情問清楚嗎？」就算讓他住一晚，他可能又會說：「住了一晚還是不了解你是什麼樣的人，可以再給我一點時間嗎？」要是給了時間，一同迎接早晨，對方也許會說：「我煮了味噌湯，不知道合不合你口味？你能嘗一嘗嗎？」要是我說了好喝，對方或許會約我：「太好了！然後你房間掛的不是遮光窗簾，我想去買遮光窗簾來換。可是我不知道什麼顏色比較好，跟我一起去挑吧！」

我和阿伯從此展開關係緊密的同居生活。在長期的同居生活中，我們屢次吵架又屢次和好，越來越信任對方，投注在對方身上的愛也不知不覺融化了自己，兩人合為一體。合為一體的情侶往往會忘記誰最重要。

不巧的是阿伯在此時轉調到大阪工作，遠距離戀愛的寂寞導致我們懷疑彼此和其他阿伯外遇。羽田機場的安檢門檢測到猜忌，發出嗶嗶的警告聲。我們於是就此分手，走向各自的人生。

從羽田機場到伊丹機場費時六十五分鐘。飛機快到像是壓縮了時間，卻不肯載我回到八萬七千六百小時之前的你身邊。我把背靠在椅子上，飛機在跑道上加速，引擎連續發出吼叫聲。原來如此，原來飛機是對著逆風吼叫前進，所以才能飛起來。儘管心中所想和實際抵達的地點不同，只要是好地方也未嘗不可。

聚集各種思緒，各自出發前往不同的地方——羽田機場的這片景色神聖崇高。

四十四　高田馬場的夜晚

不是養在室內的狗，所以不會搖尾巴。

現場的氣氛是或許咬到了可能是致命傷的部位。

在發出吠叫聲兩秒前的雙眼，在八秒之前早已存在。

一邊快速跳過高田馬場。

四十五　根津權現的影子

據說尾崎放哉曾經在根津神社舉辦俳句大會。

他原本是上班族，由於工作受挫又失戀，於是離開東京，尋找自己的歸屬。孤獨與哀愁在旅途中熟成，吟詠心情的自由律俳句❶打動我的心靈，在心中爆發。他晚年時吟詠了多句知名俳句，充滿遠離東京的色彩。不知為何，我總覺得他在遠離俗世的地方所吟詠的俳句，都是他寫給東京的情書。

「迷失自己，一路尋找。」——尾崎放哉

❶自由律俳句：不受俳句原本的格式束縛，自由吟詠的俳句。

四十六　夜晚的歌舞伎町

新宿歌舞伎町真是個可怕的地方，我剛來東京時還不知道自己的斤兩，跑去歌舞伎町的卡拉ＯＫ店面試。我在女店長臉上看到自己不可能被錄取的表情，陷入絕望時，又聽到對方說出「這裡很危險，你回家路上小心」這種只有電視連續劇才會出現的台詞，簡直禍不單行。

垮著一張臉走出卡拉ＯＫ店，遇上睡在瓦楞紙箱上的老頭放了一個屁，那個軟弱乾癟的聲音沒有在我心中留下任何感動。我希望這時候老天能賜給我任何訊息或是意義。然而無情的屁聲彷彿我人生的背景音樂，實在太悲哀了。

自此之後，我開始害怕歌舞伎町，總會無意識避開這個地方。然而當時我的工作幾乎都是去劇場表演，於是又落得晚上和搞笑藝人的後輩去歌舞伎町閒晃的地步。其中一個後輩是三人搞笑組「GRUNGE」的五明，他身材高大，身高一八九公分。我們認真討論人生，聊到最後決定一起去歌舞伎町吃飯。

我要是在這種時候說「我很怕歌舞伎町，還是別去了」，一定會頓失前輩威嚴，再也沒人找我商量煩惱。我們一起走在歌舞伎町，皮條客都衝著矮小的我拉客。每次皮條客打斷我們談話時，五明總是用不耐煩的口氣說：「不用。」看來壯碩的五明不像我這麼恐懼暴力。

在後輩面前不能露出膽怯的表情，所以我對著五明的右臉努力保持威嚴，左臉則一路向歌舞伎町道歉。反覆拒絕幾次皮條客之後，我們的對話漸入佳境。正當我們講到關鍵時，皮條客又來了，而且還以輕浮低俗的話術和粗暴的語氣拉客。

糟了，五明要大發雷霆了。我察覺事態危急，趕緊開口說「不用」。皮條客要是這時候離開就好了，偏偏他又湊過來盯著我的臉看：「咦？你是搞笑藝人對吧？」現在不是為了難得有人認出我來高興的時候，對方沒發現五明瞬間冒出殺氣，又加了一句：

「我常常在電視上看到你喔！」

這時候怒氣累積到頂點的五明大吼了一句：「這個人才沒有常常上電視！」五明沒有惡意，他說這句話是想替我解圍，可是這句話帶給我的打擊比對方的攻擊強烈多了。

「噗！」

是我幻聽了嗎？我覺得自己好像聽到了那時候的屁聲。之後我們一起去吃拉麵，嘗起來卻沒滋沒味。吃到第二口時，五明靜靜地向我道歉。

十幾歲的我滿懷恥辱，孤獨地逃出歌舞伎町。但是歌舞伎町你看，現在的我已經有夥伴了。雖然我們的關係並不穩定，有時候還會被對方從後面捅一刀。這裡的風景無限冷酷，偶爾卻也十分溫暖。

四十七　武藏小山的商店街

小時候玩過一種視覺暫留的遊戲叫做「籠中之鳥」，畫的一面是鳥，另一面是鳥籠。轉動棒子，看起來就像鳥被關進籠子裡。武藏小山的商店街也發生過類似的情況。

我走在商店街上，發現內田裕也從前方走來。但是凝神一看，不過是「頭髮很少的老人拄著拐杖」和「頂著金色長髮的年輕人」並排走來罷了。武藏小山的商店街還充滿老街的氣息。把走在街上的人群結合在一起，或許能遇上世界級巨星。

四十八　四谷車站的黃昏

四谷車站前方有個公共廁所，就在計程車搭乘處旁邊。

當我走向廁所時，排班的第一輛計程車打開後方座位的車門，看來司機以為我是要來搭車。我因為對司機過意不去，差點就要坐上去了。但是我沒坐進去，因為沒有要去的地方。但是因為我沒搭車，反而很幸運地目睹了意想不到的光景。從廁所走出來的上班族嘴裡咬著手機，用手帕把手擦乾。我以為自己看錯了。

就連嘴巴咬著車票的人我都覺得「你是以為自己這樣做很帥吧？」，但是咬著手機就是一副蠢樣，一點也不帥，而且手機這時候居然還震動起來。手機的藍色燈光閃閃爍爍，讓對方看起來像是個上班族型機器人。他從嘴裡拿出手機，用手帕稍微擦一下，接起電話：「不好意思，剛剛講到一半……」原來他剛剛講電話講到一半……我想用這個理由合理化他嘴裡咬著手機這件事，卻還是無法完全接受。

二十歲時，我第一次得到深夜時段節目的固定工作，常常從四谷車站走到日本電視台所在地的麴町。我很高興有機會上電視，卻也因為是第一次上電視而緊張不已，每次去錄影都戰戰兢兢。

所以每次從四谷走到麴町時，我總是儘量放慢腳步。

四十九　仙川的秋夜

我有一陣子每天和後輩「JUICIES」的兒玉混在一起。我們兩個都沒錢，所以常常去散步，在公園聊天或是去澡堂，過著一點也不像平成時代的生活。

有一次我想到一個遊戲：趁行人不注意時，偷偷用嘴巴吸走對方的魂魄。兩人走在路上和行人擦身而過時吸一下，坐在長椅上時也吸一下。剛開始兒玉覺得這個遊戲很噁心，不願意積極參與。不過可能是在旁邊看前輩吸取行人魂魄實在太無聊，於是慢慢湧起興趣來。

實際參與之後，兒玉發揮了相當的實力，放過小孩與老人的一面也讓人欽佩，有時候還會突然按住肚子說：「我剛剛吸到怪人的魂魄了。」偶爾瞥見他認真的眼神，想出這個遊戲的我也會害怕起來。

這不過是我們擅自認為自己在「吸取對方的魂魄」的遊戲，是否真的吸到沒有定論。所以這個遊戲的好處是，外人並不清楚我們在做什麼。但是兒玉完全迷失在這個優點中，犯下了滔天大錯。他只記得「對方不會發現我在吸取他的魂魄」，因此在和年輕女子四目相對的情況下噘起嘴巴，用力吸取對方的魂魄。對方的確完全不知道我們在吸取她的魂魄，不過看到年輕男子近距離對自己擺出奇怪的表情用力吸氣，自然會覺得噁心。兒玉每次吸氣時，年輕女性都明顯流露厭惡的表情。

另一方面，我則是巧妙地連續吸取路人的魂魄，沒讓對方察覺。我還有一招是用視線餘光捕捉目標，只有嘴巴朝旁邊快速吸一下，臉部還是朝向正面。要是兒玉有興趣，我連這種祕密招數都願意大放送。

那天我們和平常一樣在吉祥寺漫步，我又隨意吸起路人的魂魄。連續吸了兩個路人的魂魄之後，我一時調皮，乘興吸了兒玉的魂魄。結果他露出嚴肅的表情，真的發起脾氣來：「住手！為什麼要吸我魂魄！」

「為什麼要吸我的魂魄？」路上的行人頭上浮現巨大的問號。再這樣下去，大家會以為我是死神。我於是放低聲音告誡兒玉：「你冷靜一點，我們是在玩遊戲。」

兒玉終於稍微冷靜下來，對我說：「可是我覺得自己好像少了點什麼。」看到我笑出來，兒玉也吸取了我的魂魄。我不自覺大叫：「住手！」這個遊戲或許真的滿危險的。

我們離開吉祥寺時，兩個人共乘一台摩托車，一路上說些有的沒的話題，朝著仙川的大澡堂「湯煙之鄉」前進。穿過秋天的夜晚，當清澈的空氣香氣變濃時，代表已經抵達仙川了。

五十　拋下自我意識的地方

我曾經尋找過哪裡能讓我拋下自我意識。聽說自己拍自己的照片叫做「自拍」，我覺得自我意識正常的人才能自拍，像我就做不到。

女性在自拍時睜大眼睛，想辦法讓自己看起來更可愛是件了不起的事；男性在自拍時睜大眼睛，翹起嘴角好看起來更吸引人，就有點缺乏自我意識了。想讓自己更上相是身而為人理所當然的欲求，凡是人都有自我陶醉的時候。但是這種時候，耳邊不會傳來一個聲音說「拍自己睜大眼睛的樣子好像自戀狂，真噁心」嗎？還是「有的人雖然覺得這樣很自戀很噁心，但我只是想把自己拍得好看一點而已」？我很佩服後者，也很想這麼做，可是現在的我就是做不到。

我在二十九歲時出版了第一本書，封底會放上我的照片。我沒有照相的習慣，過去的照片也都是別人給我的，所以手邊沒有合適的照片。既然我沒辦法自拍，只能找別人幫忙了。

我找來平常跟我很要好的搞笑藝人後輩兒玉，在咖啡廳告訴他事情的嚴重性。他一聽完便隨手拿起數位相機，對著我按下快門。

我皺起眉頭：「你在幹麼？」兒玉確認完照片，笑著拿給我看：「拍好了！很像嶄露頭角的新人作家喔！」

這樣不行，我不是作家，也沒有嶄露頭角，更不是新人。這種照片要是給別人看到，大多數人只會嘲笑照片裡這傢伙裝模作樣，自以為是作家。這時候耳邊似乎又傳來一個聲音說：「要是討厭裝模作樣，可以扮鬼臉啊！你不是搞笑藝人嗎？」這麼想也是大錯特錯。

扮鬼臉可是比自以為是作家更裝模作樣的行為。你問我為什麼？因為這樣做很帥啊！毫不在意他人眼光，在重要的處女作放上鬼臉的照片，這可是充滿男子氣概的人才做得到的大事。可是就算大部分的人不知道，至少我身邊的人都明白我不是這麼大氣的男人。我做得到的程度大概是，低調樸素的中年國文教師在校慶時熱烈演唱 THE BLUE HEARTS 的〈Linda, Linda〉。

不對，也不是這樣，這種落差反而很帥。我的情況是常常把喜歡搖滾掛在嘴上，卻總是被大家揶揄一點也不搭。好比聲音太高的學生雖然能唱〈Linda, Linda〉卻叫不起來這種不上不下的狀態。

我不知該如何是好，總之嘗試了各種拍法。閉著眼睛拍，頭髮隨風搖擺像是走靈性路線。走路的照片有點手震，像是經常出現在英式搖滾樂團CD封面的前衛設計；擺出認真的表情，像是假裝成純真的詩人；把黑色帽子壓低拍，看起來像是有前科；咬緊牙關的樣子像是《前拳擊手走上求職擂台》的書籍封面照；使盡全力跳起來拍，既不是龐克風也不是爽朗的偶像風，只是一個普通人跳起來罷了。總之怎麼拍怎麼怪。

當我們束手無策時，兒玉靜靜說了一句：「我餓了。」對了，我打從心裡覺得飯很好吃時，應該就沒辦法客觀審視自己了。我們馬上去吃我最喜歡的蕎麥麵，吃的時候請兒玉幫我拍照。吃著吃著，我的注意力都被美味的蕎麥麵吸走，這才終於忘記相機的存在，拍出幾張自然的照片。

回家之後，我在浴室發現自己洗頭時會不自覺做超人力霸王的髮型來玩，原來浴室才是我會拋下自我意識的地方。

五十一　隅田川的傍晚景色

曾經和喜歡的人約會過的人是幸福的。前一天晚上，我看著時間超過半夜十二點，語氣輕鬆地說出平凡的一句話「就是今天了」，這就是約會。

我和對方約好要去上野和淺草，爬上通往上野公園的樓梯，迎接我們的是西鄉隆盛的雕像。我試著從各種角度觀賞雕像，或是轉身背對他，等他鬆懈時再突然回頭。這些行為當然沒有任何意義。

我假裝沒看到他頭頂的鴿屎，這時候不能責怪我糟蹋可以搞笑的機會，為了雕像頭上有鴿屎而興奮大叫這招只能玩到十幾歲。喜歡的人小聲地說：「西鄉隆盛好高大。」、「這個雕像不是一比一喔！」、「可是聽說狗是一比一。」、「可是這個雕像是一比一的話，西鄉就變成妖怪了。」、「是喔……」我竟然打破了喜歡的人愉快的幻想。我在心裡咒罵不需負起任何責任的西鄉隆盛，對他吐口水，前往下一個地點。

接下來映入眼簾的是「正岡子規紀念球場」的看板。子規的乳名是「升」

（Noboru），他很喜歡棒球，據說他曾經套用乳名，給自己取了與棒球的日文同音的筆名「野球」（Nobōru）。

我為了挽回剛剛的失言，試著開玩笑：「要是剛剛那個巨大的西鄉來這邊打棒球，一定每一支都是全壘打。」但是對方左耳進右耳出，繼續前進。我只得加快腳步好追上她，看起來很悲慘。

公園裡有數百名阿伯圍繞一名民歌歌手。他是阿伯的偶像嗎？雖然我很好奇，還是選擇先去精養軒填飽肚子。光聽名字就覺得應該很好吃。可是實際走到精養軒，卻因為建築物過於雄偉壯觀而退縮，光看外觀就覺得應該很貴。

要是走進去可能會遇上店員破口大罵「你這種傢伙不准進來」，而我不禁露出卑屈的笑容同意對方，醜態畢露。我發現喜歡的人也跟我想到一樣的事，於是我們去販賣部買來很像車站小店賣的披薩麵包來吃。

吃完之後經過剛剛看到的民歌歌手，發現他準備了熱食分發給那群阿伯。阿伯拿了熱食便走人，連一首歌也不聽。原來那位歌手的領袖魅力是建立於熱食上，而不是歌曲。看到赤裸裸的人性，我們走向淺草尋求淨土。

走到淺草寺，淺草寺卻在整修。看到頭戴安全帽的工人在雙手合十的香客面前工作，總覺得哪裡不對勁。好險門口的巨大草鞋清楚易懂。

我們一起走到隅田川，瞇起眼睛欣賞映照在大樓玻璃窗上的夕陽。看到坐在遊船上的外國人隨著船隻搖晃，我說了一句：「那是設計師保羅．史密斯（Paul Smith）吧？」可是喜歡的人還是不理我。

結果附近的小孩用手指著我說：「那個人在自言自語。」似乎我身邊本來就沒人。是打從一開始就只有我看得到對方嗎？還是她消失在夕陽裡了呢？

我獨自一人走在路上，耳邊傳來巨大的腳步聲，有個怪物牽著狗，腳踩淺草寺的草鞋，一路踩踏破壞街道。這幅景象雄偉壯觀，破壞的聲響格外悅耳，拜託連我的憂鬱也一併踩爛吧！

五十二　濱離宮恩賜庭園

每次造訪此處，我腦中總會浮現一件事。雖然這件事情無聊到不值得寫下來，卻也無法從腦海中抹去。這件事情究竟是什麼呢？那就是，濱離宮恩賜庭園是最適合放屁的地方。

我不是瞧不起濱離宮恩賜庭園，因為在路上放屁是件非常危險的事情。不僅可能會給別人添麻煩，自己也很丟臉。要是一路走一路放，別人可能以為我是靠屁的動力前進。但是在傍晚時分前往庭園，站在視野寬廣的橋上，就能瞞著大家偷放屁。如果遇上非得偷偷摸摸放屁的時候，我一定會選這裡。噗。

五十三　仲夏夜空中的十貫坂上

夏天走過中野通，朝南前進，抵達十貫坂上時，腦中總會傳來旁白：「這裡是名為坂之上十貫的殺手經常出沒之地」。不過世上應該沒這回事，大概是太熱害得我幻聽。買了罐裝咖啡，休息一下。發現一個面熟的少年露出「你等著瞧！」的表情，從大樓屋頂跳下來。當我心想原來如此時，他又衝上逃生梯，再次從屋頂上跳下來。他跳了好幾次，氣喘吁吁地望著我，露出「我很厲害吧！」的表情。我假裝沒看見。不過他實在反覆太多次，我於是也一口氣衝上逃生梯，從屋頂上跳下來，讓他瞧瞧大人的厲害。

我在仲夏的空中與疑似住在對面大樓的女子對上眼。當我因為害羞而往下看時，發現我的身體是少年的模樣。

五十四　在終點日本橋看到的記憶

看過歌川廣重筆下的日本橋，再看現在的日本橋恐怕會覺得很無趣。橋梁上方是首都高速公路，遮住了陽光。不僅採光差，更糟的是只能看到一點點天空，彷彿尺寸不合的家具放在一起造成的死角。

日本橋是通往東京的里程標示終點，國道一號線也是從這裡開始，一路通往我的家鄉大阪。從這座橋出發能抵達那間佛具店，也能到達那間章魚燒店。

五十五　下北澤無法通行的平交道

下北澤有好幾個平交道，而且一直處於無法通行的狀態。傍晚在下北澤散步時，遇到柵門關閉的平交道，從等待的方式就能看出來這個人在下北澤住了多久。

第一次遇上的人通常會盯著鐵軌，心情隨著列車行進一起一伏：「現在是從這邊開過來！接下來是相反方向！等一下柵門開了就能過去！」下北澤的居民則是戴上耳機，聆聽適合搭配電車聲響的音樂。有一對情侶是女方先走過去，男方還站在我旁邊等待。除非平交道柵門打開，否則兩人無法相見。平交道到了晚上還是無法通行，大家於是搭起帳篷，等早晨來臨。

附近開始蓋起商店，服務等待過平交道的人。過了幾年，當地出現旅社和街道。一百年也無法通過的平交道兩側最後成立了兩個國家，產生各自的語言和文化。我最後也死在這裡，墳墓就蓋在平交道旁邊。

經歷漫長的歲月之後，平交道柵門終於打開。情侶的後人彼此握手，我的子孫則是在書店買了艾倫・金斯堡（Allen Ginsberg）著、古澤安二郎翻譯的詩集《嚎叫》（Howl and Other Poems），放在我墳前當供品。

在平交道可以通行之前，承載形形色色故事的列車通過腦海。

五十六　赤坂草月表演廳

幾年前，四組搞笑團體組成了「La Gorillaters」，在赤坂的草月表演廳舉辦公演。成員包括前輩「HIKING WALKING」、同梯的「平成野武士揮拳」、後輩的「ISHIBASHI HAZAMA」以及我們「Peace」。

平常決定好公演的日子，接下來只要準備登台表演就好。但是這次公演不一樣，有一件事讓我特別擔心，因為公演當天竟然是我生日。有些人或許會覺得這是樁喜事，可是現實生活中有太多令我不安的要素。公演當天生日代表當天大家百分之一百二十會準備驚喜來慶生。驚喜的規模可能不限於表演成員與工作人員，連觀眾也一起來炒熱氣氛。我能夠巧妙表示自己喜悅的心情嗎？我可不能讓大家失望，讓大家誤會「這傢伙一點也不感動，真冷淡」。

一想到這件事，我跟大家開會時完全無法冷靜。巨大的生日蛋糕突然出現時，我能夠正確做出「哇！這是為我準備的嗎？」的反應嗎？努力吹蠟燭卻一直吹不熄最後一根，在大家笑我「肺活量也太小了吧」的溫馨氣氛中，超水準地配合大家為我準備的生日驚喜嗎？

大家可能會瞞著我，在短劇表演到一半時突然為我慶生。我要是一直待在會議室裡，大家就沒辦法討論該怎麼為我慶生了。因此我特意假裝去廁所消磨時間，好讓大家盡情討論，不用擔心我在場。

終於到了公演當天，我故意比平常晚一點到後台休息室，方便大家準備慶生驚喜。到達會場時又故意發出響亮的腳步聲，用力開門，通知大家我來了，好讓大家把生日蛋糕跟彩球藏起來。

大家都故作冷靜，同時也犯下一個滔天大錯：包括工作人員在內，沒有人對我說「生日快樂」。連生日都假裝不知道，未免也太故意了。我努力憋住差點流露的笑意，佯裝平靜，配合大家演戲。

到了公演開始的時間。我本來以為開幕時就會幫我慶生，不過開幕就默默結束了，然後是短劇一齣接一齣，最後到了表演尾聲。要是一放鬆，我可能就會笑出來。因此我拚命控制臉部肌肉，佯裝什麼都不知道，和大家一起站上舞台，對觀眾鞠躬。

來了！終於要來了！前排的觀眾動了一下，是要送花嗎？還是要拉拉炮？正當我露出害羞的笑容抬頭時，舞台的布幕已經完全拉下來，大家互道「今天表演辛苦了」。原來根本沒有人知道今天是我生日，一切都是我自作多情。真是太丟臉了。

不對，一直到離開會場都不能放鬆。搞不好大家怕我害羞，才特意不在觀眾面前盛大慶祝。但是我比所有人都早一步離開，卻沒有任何人阻止我。赤坂的晚風十分冰冷。

我生日是本能寺之變發生的那天，也就是六月二日。從歷史的角度來看，沒有人記得我生日這個悲哀的驚喜不輸給明智光秀背叛織田信長。刻了「草月」字樣的石頭會怎麼要求我活下去呢？

五十七　下北澤 CLUB Que 的巨響與寂靜

之前舉辦過搞笑藝人在展演空間當ＤＪ的活動。我完全不知道真正的ＤＪ是怎麼表演，一起表演的搞笑藝人當中有些人是真正的ＤＪ，非常善於炒熱氣氛。

「腦漿！腦漿！加油！加油！腦漿！」

可是我實際到現場時卻完全做不來。原本我腦中就有ＤＪ這行太帥氣，自己做不來的想法。然而當初對方委託我而我也答應時，我告訴自己一定要好好完成自己負責的時間。觀眾是付錢來享受，不可以要求大家顧慮我的個性和自我意識。總而言之，我只能盡全力做好工作。

「南半球好好吃！北半球有夠鹹！」

丟臉的是我進了展演空間便一直灌酒，沒有醉意壯膽，我實在做不來。大家可能會覺得既然這麼怕，當初不要答應就好。如果我因為害怕就拒絕，恐怕一輩子不會進游泳池，不會去做健康操，不會去踢足球，不會去上學，也沒辦法站在人前表演了，甚至可能連房間都走不出去。

雖然我偶爾也會逃避可怕或討厭的事，不過大多時候試了還是撐了過來，沒有因此而死掉，也不止一次因此獲得樂趣。所以當我察覺自己想要逃避時，通常會儘量試著做一次。

「磁浮列車是快速的軌道工程車！」

跟我要好的後輩知道我要當ＤＪ，趕來幫忙，說要跟我一起做。有後輩幫忙壯膽，我就安心多了。大家都清楚我的個性，所以願意出手相助。輪到我表演時，大家會配合我放的曲子跳舞。

「說謊了就去工廠把千根針熔掉。」

就算大家都來幫忙，ＤＪ還是我。在音樂響徹雲霄的會場中，年輕的男女正隨興舞蹈。差不多要輪到我出場了。我前面的人不是走使用器材播放曲子的ＤＪ路線，而是現場彈奏樂器的樂團，成員都是搞笑藝人。

「敵人是毛利還是上杉！敵人是毛利還是上杉！」

樂團主唱唱了幾首歌之後，進入談話時間。他強力主張搞笑藝人的了不起之處，自己必須超越搞笑界的諸位大師，在場的所有觀眾最棒，今晚一起表演的成員都很有趣，有趣的事情就是最偉大的，今後也要持續創作有趣的事物。我很喜歡認真面對所有事情的人。

他說完「接下來要表演的是我以這種心情創作的曲子，敬請聆聽……」便唱起最後一首歌。聽到這裡，我一時忍俊不禁。用這種心情作曲未免也太奇怪了。

這種時候應該冷場才是，現場氣氛卻意外熱烈。最後一首歌是抒情歌，主唱大聲唱出華美坦率的歌詞。觀眾沒有發現他挺身而出，特意呈現明顯易懂的巨大矛盾，反而陶醉得恰到好處。

還是我誤會了他的想法呢？也許他不是故意要讓觀眾感到矛盾，是打從心底說出這些話。不可能，他不是這種傢伙。倘若我照字面上的意思接受，而不是當作反諷：

「夢想會實現！傷口會化膿！」

這麼一來，他說的話的確很多時候都能引發共鳴，卻也同時產生強烈的矛盾心理。這種矛盾心理和我在新聞上看外國年輕人因為當炸彈客進行恐怖攻擊而失去生命，結果被當作壞人時感受到的無情根本不一樣。為了實現自己國家的價值觀與常識所認定的正義而犧牲性命是恐怖的行為，根本不應該發生。我不覺得這種人很幸福或是很帥氣，卻也笑不出來，更無法用一句「真奇怪」作結。我一開始感受到的是悲哀這種情緒，以及無邊無際的恐懼。

「穿過這座森林，就請你忘了我。」

我很怕死，非常怕死。促使人類奉獻自己生命的力量究竟是什麼呢？犧牲生命和自殺根本不一樣。這種時候我總會覺得自己真是丟人，活得這麼悠哉。

反而言之，看到膽小的英雄團體強烈主張自己的正義，討伐剛好能夠消滅的小型邪惡組織，總讓我覺得噁心不已。這種英雄簡直跟我沒兩樣，不過是方便的正義。我從沒聽過有人正面迎戰無法戰勝的邪惡組織，結果犧牲的故事。

大家不過是在自己能力範圍內行事罷了。

「把偶的舌頭凡給偶。」

我明白這麼做總比什麼都不做好，不行動什麼都不會改變，卻也覺得這樣的英雄未免太窩囊了。這種想法或許有問題，我卻沒辦法不這麼想。

我也怕死，雖然我很清楚沒有人會要我的命。但是我要是有空裝模作樣誇誇其談，寧願做自己做得到的事。比起熱烈述說理想和夢想而受人尊敬，我寧願說些傻話逗人笑，被人當作傻瓜。

「喂！醫生！穿白色會膨脹喔！」

我招集後輩過來，大家一起圍成圓圈。我向後輩宣布：「我走上舞台之後會一直講短笑話講到觀眾笑為止。要是有人笑了就播歌。就這樣開場吧！」每個人聽完都露出一臉狐疑的表情，不過大家認為既然當事人都這麼說了，就這樣吧！

我走上舞台，向等待樂曲的觀眾宣布：「我要來講短笑話。」並且馬上說起來。

「你的願望太難，香油錢還給你。」

沒人笑。那我再說一句看看吧！

「阿公！活過來！阿公！活過來！」

還是沒人笑。

「大猩猩VS王者基多拉VS微碳酸VS你」、「我說的『啊』從現在開始變成『哞』。啊啊啊啊……」、「縮小的美國，膨脹的埼玉」。

不管我說什麼，大家都沒反應。現在已經是深夜，大部分的觀眾都已經黃湯下肚，沒喝酒的人也因為超大音量的音樂而被迫進入浮躁的狀態。明明這種氣氛之下，說什麼都該有人會笑。到底是哪裡出問題了呢？我再說句笑話看看。

「聽得見喔！貧困猛烈的聲響。」

果然還是沒人笑。剛剛還面帶微笑的觀眾以嚴肅的視線貫穿我全身。我知道自己一點才華也沒有。

這是因為喇叭播放的劇烈聲響害大家聽不見了嗎？還是我的聲音太小，所以大家聽不見呢？不管了，我要繼續搞笑。

「我不知道自己的名字，不過我是阿根廷的妖怪。」

沒人笑，再來一句。

「從二班的女生開始通過。」

開始有人笑了，這樣就能播歌了。正當我想這麼做時，卻發現後輩雙手抱胸，一動也不動，嚴肅地盯著觀眾席看。一副「這樣還不夠」的表情，一副「前輩這樣不行吧！」的表情。剛才的樂團可是認真炒熱氣氛了。

三島由紀夫是賭上性命主張自己的信念：

「你已經破裂了不是嗎？」

太宰治則是暴露自己的隱私，賭上性命逗大家笑。

「我的興趣是一點一滴被粉碎。」

我的英雄都是賭上性命來主張，真是偉大。和那些站在安全地帶吠叫的膽小鬼有天壞之別。

「你跟你加起來除以二，一點意義也沒有。」

大家對我的笑話都無動於衷。我開始後悔挑戰超越自己能力範圍的工作，同時繼續說笑話。這間在下北澤的展演空間原本方才音樂還響徹雲霄，現在卻化為東京最寧靜的會場。每次最不合時宜的人都是我。

「揮拳！踹一腳！白藥水！」
「放棄人生的傢伙，停在我的手指上！」
「假裝自己在說英文。」
「國家認為我的思想不良。」
「請讓我舔你的髒鞋子。」

五十八　有包裹的風景

因為工作需要，要用到國中的畢業紀念冊，我拜託媽媽寄給我，並且再三提醒她一定要趕快寄。她的興趣是用鯖魚罐頭、襪子和暖暖包等大量的日常用品把包裹塞滿。要是不提醒她馬上寄，我就會收到一個滿滿的包裹。我很感激她總是寄各類用品給我，不過包裹裡的信要是寫些家人近況也就算了，卻總是一些「附近的狗最近都不叫」等叫人不禁脫口而出「干我什麼事」的內容。

如果我過著平安時代貴族般優雅悠閒的生活，或許能透過這些信件想像母親的生活，腦中浮現她手上又添了皺紋的情景，不禁流下淚來，吟詠幾首和歌。可惜我的生活無法如此悠哉，唯一的希望是媽媽趕快把畢業紀念冊寄給我，不用加上信跟其他不需要的東西。

媽媽或許是感應到我的不安，說了會馬上寄。麻煩的是寄出來之後，我收到宅配司機在信箱裡放的包裹通知，打給司機後卻發現彼此時間完全對不上，也沒空去公司取件。我家又沒有宅配收件箱。

我打電話拜託宅配司機：「不好意思，你可以宅配的時間我都不在家，可是我又急需那個包裹。我願意相信奇蹟，能回家時就趕快回家，可以麻煩你多來幾趟嗎？」對方的反應明顯嫌麻煩，說得也是。

後來宅配司機提出祕密招數：放進水表箱，這樣對我也方便。所以我們約好放在水表箱裡，我工作結束後回家便馬上打開水表箱，該在水表箱裡的包裹卻不見蹤影。怎麼會這樣！我又打電話給宅配司機，對方卻說他已經放了。無論我怎麼等，包裹都沒出現，需要畢業紀念冊的工作就這麼結束了。

我再度打電話給宅配司機，對方則假裝沒空接電話。事情演變至此，我也得負起部分責任，所以想說算了。在媽媽面前則假裝收到包裹，以免平添她的煩惱。這麼一來，與其說我在意沒收到工作要用的畢業紀念冊，不如說是覺得糟蹋了媽媽塞進包裹裡的日常用品與愛心。明明我之前認為那些東西都是廢物。

後來我搬家了。半年後，前一個租屋處的管理公司突然打電話給我，說有人投訴有個包裹擱置在我原本的租屋處前，那是家人寄給我的包裹。當時我還在工作，要半夜才能去領。管理公司似乎也是一樣·所以我打電話到宅配公司的門市，請問對方能否暫時保管，對方表示他們不提供保管服務。半年前的包裹現在才送到我手上，發生這麼嚴重的問題，為什麼對方還能如此從容呢？

於是我請對方找主管來跟我談，結果門市部長馬上臉色大變，表示他們願意保管，而且哪裡都能送。但是這件事情要是曝光就糟了，麻煩我務必保密。事情演變至此，我也必須負責，所以我一點也不生氣。不過包裹穿越時空的距離終於送到我手上，我沒把握能隱瞞任何人如此稀奇的故事。當我告訴部長沒自信能保密時，對方似乎相當失望。

我在新家打開當初媽媽寄給我的包裹，裡面是畢業紀念冊跟貼了「需冷藏」標籤的梅乾。信上是媽媽的字跡，提醒我「夜裡還是很冷，記得要穿得暖一點」。

我是在滿頭大汗的大熱天讀這封信。

五十九　富岡八幡宮的月夜

搞笑藝人的後輩「Russian Monkey」的中須住在門前仲町，幾個交情好的搞笑藝人約好要去他家吃火鍋。中須的太太是個美女，很會照顧人，表達意見又直率。當後輩想要回家時，她會阻止後輩：「輩分最大的又吉前輩都還沒走，你就要回家了嗎？」

後輩雖然紛紛抱怨中須太太：「妳也太嚴格了，放我們回家啦！」但是大家不是真心討厭她。因為對方當我是前輩，所以就安心聊起喜歡的話題，時鐘的短針即將指向半夜十二點。

這時候中須太太突然叫出來：「好了！又吉，接下來不准聊文學的話題！」中須太太的矛頭終於指向了我。看來是我太得意忘形了，聊起喜歡的書就講不停，害她覺得無聊了。中須看到身為前輩的我挨他妻子罵也不出手幫忙，只是一個勁兒地傻笑說「這樣當然會被罵啊」，站在他太太那邊，想藉機多喝點酒。

後來我為了醒酒，外出散步。在月光照耀之下，富岡八幡宮顯得格外美麗。

六十　井之頭公園

十九歲時，我很後悔為什麼要來東京。為什麼會以為就憑自己這點的才能，能在東京出頭呢？發現自己的才能如此渺小，令我大吃一驚。

每天的生活不過是去自動販賣機買罐裝咖啡，或是把曬到褪色的新潮文庫本的太宰治作品塞進口袋裡去散步。喝完的空罐放在電線杆下方或是停車場的石磚牆上，想像空罐爆炸的情況。

當我察覺這是受到梶井基次郎的短篇小說《檸檬》的影響時，內心都想吐了。難道我連煩惱的方式都是模仿別人的嗎？

新潮文庫卷末年表標示太宰治出生於「一九〇九」年，代表十年之後的「二〇〇九」年是他百歲冥誕。十年後，我在做什麼呢？還在東京打拚嗎？還是已經回到大阪老家了呢？我連自己是否還活著也沒把握。

我想在太宰治百歲冥誕時舉辦悼念他的公演。搞笑藝人自行舉辦公演的條件很嚴苛，就算是受到眾人矚目期待的搞笑團體，也要奮鬥三年才能單獨舉辦公演。
我一個人舉辦公演來談論喜歡的作家，實在是個遙不可及的夢想。但是我真的很想辦這個公演，光是想像公演的情況便精力充沛、生氣勃勃。要是實現不了這個夢想，我乾脆放棄當搞笑藝人算了。這十年我要殊死準備，一心一意磨練自己好舉辦公演——我在井之頭公園散步時，對自己立下這個誓言。

距離當初的誓言已經過了九個年頭，我也從十九歲變成二十八歲。雖然口袋還是一樣空空，至少每天能站上劇場舞台表演。但是我的能力還不足以自行舉辦公演。
就在這時候，作家堰代邀我一起出版俳句的書。現在想起來還是很不可思議，為什麼堰代要找上像我這樣默默無名也無人期待的小人物呢？而且我們從來沒聊過。我問過他原因，據說是因為好幾次看到我在吉祥寺晃蕩，眼神空洞，覺得這個人「處於生死關頭」，因而想到十年前的自己。這麼說來，我們剛認識時，我因為堰代叫我「你可別自殺啊！」而笑出來。我真的很高興他找我合作，世上有人對自己有興趣，真的是件值得感激的事。

因為堰代的邀請，我開始創作自由律俳句。他也幫忙尋找能跟我一起連載俳句的媒體，可是大家都只需要他一個人。不用他說，我憑感覺就能察覺到。每次都是客戶找上堰代，等到事情快要談好了，他又說還是不要跟對方合作了，工作也化為泡影。

這件事情當然是我的問題，其他人都沒有錯。我很抱歉自己給堰代添麻煩，跟他說了好幾次：「我把創作俳句當興趣就已經很高興了，不需要特別找我一起連載。」他卻堅持一定要跟我一起連載。我不習慣有人對我這麼好，有時候甚至覺得很奇怪。當然我還是很高興。

堰代的俳句充滿創意、哀愁和魄力，卻細膩入微。我們倆的程度天差地遠。儘管他處處照顧我，十分溫柔，看到他的俳句卻像是被揍了一拳。奇妙的是，我在這種暴力中感到喜悅。我很高興身邊有這樣的朋友，我們分享彼此的創作，和他一起喝的酒也特別美味，一同共度的時光實在很快樂。

我這個老是給堰代添麻煩的人，有一次跟他單獨喝酒時提到「我的夢想是在太宰治百歲冥誕時辦追悼活動」。不知不覺就到了二〇〇九年，看來我只能放棄這個夢想了。

過了幾天，堰代通知我：「太宰治冥誕那天，我已經預約好阿佐谷LOFT A了。」

我本來以為無望的夢想，沒想到居然真的實現了。「太宰之夜」，十年以來的夢想終於實現了。堰代，堰代，堰代，我一輩子都無法報答堰代的恩情，明明我應該好好報答他的恩情，直到現在卻還老是給他添麻煩。

六十一　阿佐谷的夜晚

二〇〇九年，我一邊創作自由律俳句，同時籌備「太宰之夜」的公演。這兩件事讓我精神振奮，連我自己都嚇一跳。連帶由我撰寫腳本與導演的短劇秀「再見，絕景雜技團」也確定要舉辦。

「太宰之夜」的嘉賓包括堰代、「南海糖果」的山里、「SIZZLE」的村上與「針千本」的箕輪，大家都是我喜歡的搞笑藝人。相對於我的生活好比沒有工作的流浪詩人，他們三人都是電視節目的寵兒，行程滿檔。但是他們都二話不說答應出席。

除了搞笑藝人，我還邀請作家西加奈子參加。坦白說，我從以前就懾於西加奈子出類拔萃的才能。她不僅發表了大量優秀的作品，每個認識她的人都異口同聲地說：「西加奈子這個人很有意思。」告訴我的每個人本身又都相當風趣幽默。風趣幽默的人都認定有意思的人，究竟是什麼樣的人呢？

小說家，有才能，又有趣，這三項特色已經足夠令我害怕了。大家或許會覺得我已經是搞笑藝人還這麼膽小。人類這種生物要是被社會當作廢物對待超過十年，自信這些東西早就煙消雲散了。我在腦中模擬了好幾次和西加奈子見面的情況。

不管我試了幾次，每次都落得「聲音太小！」、「你不會耍笨嗎？」、「噁心死了！」的下場。尊敬會引發心靈發炎，情況朝奇怪的方向發展。

我第一次和西加奈子見面是在新宿，我和堰代為了「太宰之夜」的活動去打招呼。當時西加奈子和同席的編輯在喝酒，我戰戰兢兢地坐下，她馬上對我說起對於太宰治作品的心得感想，態度十分熱烈。

她說話非常有意思，更令人感動的是如此認真對待我這種小人物。但是我來之前便惶恐不安，又懾於談話內容，聽到一半覺得自己好像在挨罵，應該要把太宰治的作品讀得更熟才行。

她直視我的眼睛，看起來像是淚珠盈眶。有特殊能力的人，熱情也比他人更為強烈。和她聊太宰治，好像受到小說家教訓：「太宰治不是搞笑藝人可以隨意對待的作家。」當然她從頭到尾沒說過這種話，而是我從她真誠面對太宰治作品的心態中感覺到這件事。但是我深愛太宰治的作品也超過十個年頭，因此我滿心挫敗，向她道謝：「公演之前我會重新複習太宰治的作品，當天還請多多指教。」

她聽到這句話，竟然反問我：「所以我可以參加嗎？」我一時之間聽不懂這句話的意思。「只要您不覺得麻煩，當然歡迎您參加。」聽到我的邀請，她對編輯和堰代露出笑容，很高興地說：「真是太棒了！」原來她這麼熱切地分享對太宰治作品的心得感想，是以為我來甄選參加太宰之夜的嘉賓。

像我這樣的小人物，哪有資格甄選人呢？世上居然有如此謙虛、如此了不起的人。我想應該沒有人會討厭她。為什麼她把我當人看呢？為什麼不會輕視我，認為我噁心或是嘲笑我呢？西加奈子真是個不可思議的人。我當時的喜悅好比小孩去餐廳時拿到跟大人一樣的生魚片。她雖然很幽默，卻不是我想像中那種嚴以待人的類型，而是寬以待人又真的很風趣的人。

二〇〇九年六月十九日，「太宰之夜」在阿佐谷 LOFT A 平安落幕。託大家的福，我度過了一個愉快夜晚。西加奈子逗笑觀眾的能力實在高超，當天我也收到和堰代合著的俳句集《要是沒有炸牡蠣我就不來了》。那天晚上我實現了好多夢想，成為日後許多事情的開端，許多事情都是源於那個晚上。

太宰之夜結束沒多久，西加奈子出版了短篇集，請我在書腰上寫推薦文。我從短篇集還在文藝雜誌上連載時便沉迷於作品之中，「不過我的名字出現在書腰上也達不到宣傳的效果，無法勝任您的期待……」但是西加奈子表示委託我不是為了知名度，又告訴我：「不久的將來，大家都會來拜託你寫書腰喔！」

III

六十二　汐留大馬路旁的便利商店

很久很久以前的某天黃昏，我幻想自己要是在東京當上搞笑藝人，紅到開始上電視節目，應該會遇上狗仔隊偷拍，加上「和〇〇交往」之類的標題，登上週刊雜誌吧！要是被爆料應該會很麻煩之類的。

實際開始搞笑之後，這種對演藝圈的幻想在不知不覺中煙消雲散。每天屢戰屢敗，屢敗屢戰，身心受挫，最後連牢騷都發不出來，痛恨自己毫無才能又精神脆弱，每天嘔吐得慘不忍睹，勉強活下去。我在東京過著這樣的生活將近十年，就在與努力、才能毫無關聯的地方，出現巨大的變化，逐漸影響到我的生活。換句話說，我的人生開始出現轉機，工作逐漸增加，沒空在吉祥寺悠哉吃烤內臟了。

那一天就突然來臨了。經紀公司通知我：「你被週刊雜誌拍到了。」我心神恍惚，惴惴不安，趕緊跑去附近的便利商店翻週刊雜誌。找到了！拍到的樣子跟我想像的一樣，內容卻不是當年想像的緋聞之類的華麗報導，而是「在便利商店買水跟沙拉」的樸素生活，「言行可疑、詭異，難怪會被警察盤查」等文字也映入眼簾。對方說得沒錯。就算生活多少有些變化，醜態百出又悲慘可憐的本質不會因此而改變。那張照片是在汐留的大馬路邊的便利商店拍到的。

不過照片是在便利商店拍到的真是太好了。便利商店在東京的生活中扮演非常重要的角色，在我心目中是特殊的場所。

東京有成千上萬的便利商店。有些在面試時刷掉我，有些錄取過我。我第一次打工的便利商店有捐款箱，捐款箱裡的一千塊不見時，頭一個被懷疑的就是我。我搬到高圓寺時，打算找一份夜班的新打工，寄履歷之前還認真實地勘查，尋找晚上顧客少的便利商店。

最後選中一家便利商店，對方也錄取了我。等到我實際開始工作後，店長告訴我：「這裡被搶過兩次。」看來搶匪也跟我一樣認真勘查附近的地形，最後決定就是這家便利商店了！

假日出門散步，看到身穿AC米蘭和羅森風制服的兩支球隊在踢足球。這種時候我當然是幫羅森加油。我對便利商店的愛當下超越了對足球的愛。

聽到蟲子受到便利商店門口的藍色燈光吸引而燙死的聲音，感覺到夏天來臨；打開飲料櫃，沉浸在冷藏櫃飄散出來的涼意時，一不小心和後方暗處工作的店員四目相對，覺得讓對方看到自己放鬆的表情很過意不去；遭遇各類挫折後回家的路上，走進附近的便利商店晃一晃，把店裡的曲子當作一天的尾聲——這些瞬間就是我心目中的東京縮影。

六十三　池袋西口的地圖

我一到池袋車站便下起雨來，友人在西口開了沾麵店，我站在地圖前確認麵店位置，感覺到背後傳來一股強烈的氣息。我暫時無視對方，用手指沿著地圖指出前往目的地的路線，後方傳來「你要去哪裡？」的聲音。一回頭便看到兩名警察，看來對方的目的是盤查。

我常常遇上盤查。我要再次強調，我常常遇上盤查。每次盤查，我總得證明自己的清白。一路證明下來，我已經白璧無瑕，比所有人都清白。

十多歲時，我總是處於無邊無際的孤獨之中。傍晚時分醒來，漫無目的地閒晃，想著「要是我變成透明人該怎麼辦？」等有的沒的無聊事情。想到這裡突然發現自己今天一整天都還沒說過一句話，緊張兮兮地用沙啞的聲音發出幾聲啊啊，提醒自己「不用怕，我還活著」。這時候遇上盤查的警察，我甚至還會感謝對方：「謝謝你陪我一會兒。」但是這種情況很少見，多半是「為什麼又找上我？」

但是向警方抱怨抗議也於事無補，對方不過是盡忠職守，乖乖配合才能早點重獲自由。既然警察問我想去哪裡，還說會告訴我怎麼去，我便乖乖報上店名。結果對方說他不知道那間店，我忍住不說「連這個你也不知道」。但是回過神來時，我人已經在派出所裡了。

警方先問我的職業。一聽到我是搞笑藝人，帶我來派出所的警察便盯著我的臉看起來：「咦？我好像見過你。」幾秒之後，對方眼睛一亮：「啊！我看過你！你就是那個常常被盤查的藝人！」

對，我在舞台表演和收錄節目時，一而再再而三提到自己被盤查。對方應該是因為段子裡提到警察，才會對我有印象。看到盤查我的當事人對「哇——你真的會被盤查吔——」深表感動，可惜現在不是表演，接下來我還得繼續接受盤查。

對方接著又說：「我從以前就很喜歡你的搞笑表演喔！」這種情況下，我不知道究竟能不能相信對方的發言，只得面帶微笑，不多加回應。正當我以為警方終於要放我走時，對方又加了一句：「讓我看看你的駕照。」看來還沒盤查完。

好不容易離開派出所時已經雨過天晴，我的心情也隨之開朗起來。其中一名警察靠近我，悄悄告訴我：「Espower 伊東也在這裡被盤查過喔！」這關我什麼事？我不知道該如何消化這個資訊。好險在這種情況下，沾麵依舊美味可口，撫慰了我的心靈。

要是地圖上連人生方向都標示清楚，我就輕鬆多了。

六十四　江戶東京建築園

「江戶東京建築園」坐落於武藏小金井的都立小金井公園內，我偶爾會造訪此處。這裡場地廣大，老式的和風建築、日西合併的宅邸、澡堂與招牌建築等稀奇的建築物遷移保存至此，也能走進去參觀。

走進建築物裡，想像前人的生活是件愉快的事。身體狀況好時，我甚至可以聽見過往居民的聲音。例如我現在走進的應該是以前的文具店吧？牆面有成排的小抽屜，文具應該就是收納其中。不過日子久了，慢慢混入一些居民的日常用品。

「媽媽，頭痛藥放在哪裡？」、「從上面數下來第三層，右邊數過來第六格。」、「我打開來看到的是指甲刀吔！」我不禁想像這裡營業時間過了之後，不屬於陽間的某些存在便聚集在此生活。我沒有行程的日子便會來到這裡。

六十五　晴海港口的景色

我從來沒想過像我這樣的搞笑藝人，居然有一天會去演電影，而且還是當主角。所以當要去參加沖繩國際電影節的電影來找我演戲時，我毫無自信、老老實實向製作團隊坦承：「我演技真的差到嚇死人，你們確定要找我嗎？」

我根本無法當主角，不但演技差到嚇人，連平常對話都缺乏感情，而且從小就這樣。就算真的很高興，說出來也會變成呆板的「我、很、高、興」。可能因為沒有起伏或是聽起來很像在撒謊，導致大家都不相信我，有時還會被當作沒血沒淚的惡魔之子。

成年之後，連我都討厭自己為什麼這麼拙於拍照。每次我總是擠出滿面笑容，以免給攝影師添麻煩。攝影師卻毫不留情地要求我：「又吉先生，請露出笑容。」我明明在笑，看在旁人眼裡卻是面無表情，真是頭大。我這個人其實非常多愁善感，每晚總是驚嘆於月光之美，走在路上會因為路旁綻放的花朵而流淚。

多愁善感卻遭人誤會沒血沒淚，代表我這個人不擅表達。搭檔甚至批評過我：「連人造人都比你表情豐富。」找我這種人演戲簡直是不可能的任務。

但是異想天開的導演和製作人面對惴惴不安的我卻說：「演技差也是一種演技。」太好了，真是太好了。這句話真是太令人高興了。我擅自把這句話解釋成「我們很清楚你這個人很笨拙，戲裡的主角正是跟你一樣笨拙的人喔！」

這句話深深撫慰了我，原來我只要照平常表現就好，之前從來沒人對我這麼說，所以我總是滿懷愧疚地勉強自己。年輕女性遇上年長男性時，感受到的包容就是這種感覺吧！那我就不客氣了。我抱持這樣的心態去拍戲，結果第一天就因為演技實在差到超乎製作團隊想像，導致工作人員為此召開緊急會議，還被製作人唸：「一直嘀嘀咕咕的，你是在演法國電影嗎？」

但是我既然接下了這個工作，就該盡最大的努力，這是祖母給我的教誨。這部電影有吻戲，而且和我演對手戲的還是我從青春期開始就在電視上看到的女演員，我非常崇拜對方。沒有比演吻戲更丟臉的事了，我要是因此雀躍歡欣，似乎是冒瀆對方。所以我一直裝出沉穩的表情，等待吻戲來臨。等待時專心吃薄荷爽喉糖和塗護唇膏，保持嘴唇濕潤。

吻戲是在晴海埠頭拍攝。我很驚訝居然有這麼美麗的景點，彩虹大橋和東京鐵塔閃閃發亮。吻戲的時間逐漸逼近，我緊張到不可置信的程度。工作人員準備好吻戲的燈光等安排，請我出來拍攝。終於到要拍吻戲的時刻了！這時候我瞄了一眼崇拜的女演員，發現對方正大大方方地吃大福，一點也不緊張。不在意他人眼光真是太了不起了。每次遇上如此純真的光景，我總會討厭自己簡直是自我意識的化身。

隔天工作結束之後，我一個人跑去看吻戲的外景場地。一方面是因為那裡很美，另一方面是我拍戲時緊張得什麼也不記得，想藉此回想起當時的情景。下次拍攝時，我告訴工作人員和其他演員這件事，大家都真心對我發脾氣：「不要做這種事，噁心死了。」

東京鐵塔、彩虹大橋與電影的吻戲，我現在在東京當中的東京，這道風景凸顯了我笨拙的一面。

六十六　代代木一角的美容院

我有天然鬈，上高中沒多久，校方抽檢大家的髮型。班會開到一半，五、六名負責生活指導的老師突然走進教室來檢查大家的頭髮。負責生活指導的老師都身強體壯，長相嚴肅。教室因而瀰漫緊張的氣氛，彷彿遭到恐怖攻擊。

正當我心想自己沒做壞事，不用害怕時，一位老師站在我旁邊，用低沉恐怖的聲音指正我：「喂！你沒交天然鬈證明書。」天然鬈證明書？那是什麼？當我抬起頭時，發現其他老師也聚集過來質問我：「你是天然鬈嗎？還是去燙的？」我尷尬地自我介紹：「這是天然鬈。」結果老師拿了一張紙給我：「回去叫家長填這張證明交給學校。」文件上畫了人體頭部前方與側面圖，底下是填寫說明的欄位。

我把文件拿回家給媽媽。隔天早上，那張紙上的頭部圖以輕柔的筆觸描繪出惡魔般的鬈曲線條。說明的欄位裡填了「天然鬈，尤其耳朵上方特別嚴重」，那是媽媽的字跡。媽媽是抱持什麼樣的心情填寫這張文件的呢？這真是個殘酷的制度。

後來我頂著光頭度過三年高中生活，又頂著光頭進入吉本養成所。前輩和同梯給我取了受刑者或殺人犯等負面的綽號，於是我開始留長頭髮。這下子又產生要去哪裡剪頭髮的問題。

我年輕時非常怕生，羞於和設計師聊天。剪髮的重點是如何承受設計師的提問，「你是做什麼的？」這時候要是老實回答是搞笑藝人就麻煩了。對方的回應通常是「你想當搞笑藝人啊？加油，我朋友的朋友也是吉本養成所的學生——」因為對方不認識我，便擅自認定我還在修行階段，或是突然用對平輩的口氣講話。

另一個要當心的問題是「你聽什麼樣的音樂？」這時候要是為了表示親切而回答「我什麼都聽」，可能會遇上有特定堅持的美容師表示：「我只聽鐵克諾音樂。」說到這裡，腦中同時浮現約莫五個對方的抱怨：「你不知道鐵克諾音樂啊？」、「多聽一點不同領域的音樂吧！」結果只能心情鬱悶地回家。總而言之，美容院之於我是戰場。

十幾歲時一起打工的朋友現在成了設計師，所以我去找他剪頭髮，這樣我就不用擔心有壓力了。但是前一陣子，這位溫柔的朋友摸著我的頭髮，露出寂寞的表情低語：「明明我很認真剪的……」聽到這句話，我恍然大悟。他也聽到很多人批評我像「逃跑的落魄武士」或是「髮型亂七八糟」了吧！這些話傷害了他身為專家的自尊心，我的心情頓時複雜了起來。

走出美容院時，天色已經黑了。四周只有美容院閃閃發光。不知為何我突然想起有個後輩跟我說過：「前輩去的那家美容院，以前原本是一對溫柔的夫妻經營的麵包店。可是麵包店後來倒了……所以我絕對不會去那家美容院！」麵包店倒了不是美容院害的，我看起來像逃跑的落魄武士也不是朋友害的。

六十七　上北澤的親子餐廳

我常常和節目腳本家大塚開會。說是開會，通常是兩個人跑出去玩。大塚說要搬家時，我說了一句：「你要是住得近，開會就輕鬆多了。」他聽了也說：「是啊！那我在下北澤附近找房子吧！」

幾天之後，他告訴我找到房子，我問他在哪裡，他很高興地告訴我：「在上北澤。」我心想他果然弄錯了。大家聽到「上北澤」都會以為是在「下北澤」的旁邊，其實兩邊一點也不近，搭電車還要二十幾分鐘。同樣是北澤，真正離下北澤近的是「東北澤」。上北澤是個好地方，不過大塚搬家的目的不在於此。

既然已經搬了也沒辦法，於是我有時也會去到上北澤的親子餐廳和他開會。大概是因為他每天在這裡寫腳本吧！有時候我會覺得他已經跟沙發融為一體了。

現在我們都搬了家，兩家距離近到很噁心。

六十八　惠比壽車站前的人群

我坐在惠比壽車站前的長椅上等後輩來。那時候是晚上九點，離我們約好的時間還有三十分鐘。我望著人來人往的人潮，發現車站前有很多種類型的人：有些人下班急著趕回家；有些人貌似上班族，接下來要去喝一杯。

那群要去聚餐的上班族當中，有一個人身上掛著台隆手創館派對小物區會賣的布條，上面寫著「今天的主角」。可是這個人之於我的人生是配角中的配角，有些人不知為何面帶微笑，可能是沒發現自己臉部肌肉放鬆了。這樣看起來很像變態，我想勸對方最好不要這麼做。

駝背的街友在跟售票機前買票的年輕人搭話，大概是在跟對方乞討吧！年輕人有些困惑，還是把零錢給了街友。街友收下零錢，對年輕人雙手合十。

搞不好街友剛剛悄悄對年輕人說：「其實我是神明。」年輕人一聽，便掏出零錢給街友：「原來你是神喔？那給你香油錢。」接著輪到年輕人坦承「其實我也是神喔！」

街友於是對他雙手合十：「原來你也是神啊！」我興致盎然地眺望車站前的各類光景，就這樣過了三十分鐘。

這時候走來四名二十歲左右的女孩，被稱為「導演」的女孩扛著攝影機，她把空罐放在長椅上，另外三名女孩則面無表情地走來撿拾空罐。大概是在自行創作以環保或是愛護地球為主題的電影吧！三人面無表情，默默撿走空罐再凝視遠方離開的表現手法特意強調作品意義深遠，有些囉嗦。相對於面無表情的無聲演技，表現手法說得太多，缺乏想像空間。

導演接下來把空罐放在人潮最洶湧的售票機前。在沒人拍攝時，三名女孩比想像的活潑。等到導演一喊「三、二、一」，三名女孩又面無表情地從有些距離的地方朝空罐走過去。她們應該又要默默撿走空罐吧！

然而這時發生了一件我以為自己看錯了的事：剛剛看到的街友從別的方向朝空罐走過去，比三名女孩早一點把空罐撿起來，而且還把空罐裡剩下的飲料喝得一乾二淨。真是充滿衝擊的一幕！導演和三名女孩發出哀號。

女孩們以為是垃圾的東西，對於旁人而言卻不是垃圾。結果電影超乎期待，真的成為意義深遠的作品了。

後輩不知不覺來到我身邊：「前輩剛剛笑了一下喔！」既然後輩來了，我們便結伴離開。

當我正在思索失去垃圾的女孩們要撿什麼呢？突然有人拍我的肩膀，「你是Peace的成員對吧？」導演遠遠地拍攝這段對話。誰是垃圾啊！

六十九　天亮前的北澤八幡宮

我在下北澤喝了酒，走到北澤八幡宮，酒也醒得差不多了。當時是秋夜的黎明時分，我坐在長椅上吹風。

一個老婆婆突然走近我，對我說：「神社早上有大人物要演講，我們一起去聽吧！你的人生或許會改變喔！」我客氣地拒絕對方，老婆婆卻不肯放棄，盯著我的臉看：「這時候還不回家，家人會擔心喔！每天乖乖去上學嗎？」好像有哪裡怪怪的。我回答老婆婆：「我已經不是學生了。」她就大力鼓勵我：「社會人該好好工作！」

「我有工作，明天也是一早就要去上班。」老婆婆聽了我的回答嚇了一跳。當我告訴老婆婆自己已經三十多歲時，她用輕鬆的語氣向我道歉，便爬上通往神社的階梯離開了。她大概以為我是離家出走的少年，又或者是年少的我坐在旁邊，老婆婆其實是向另一個的我搭話。十幾歲時，我也常常像這樣坐在神社或寺院休息。

七十　市谷釣魚場的冬日景色

寒冷的冬日，我和搞笑藝人的後輩一起出門。冰冷的北風幾乎要把我們的皮膚吹成碎片。

「要是冰冷的北風把皮膚吹成碎片飛走了，你會怎麼辦？」

後輩聽到我的提問，眉頭動也不動，凝視前方，貌似在思索答案。

「要是你皮膚裂成一片一片的，你會怎麼辦？」

「我會先撿起來吧！」

「你會馬上拼回去嗎？還是回家再拼？」

「我會回家再拼吧！」

「我也是回家再拼。」

現在這裡形成了皮膚裂成碎片之後，回家再拼回去的門派。

「你把皮膚撿回來時，要是我吹一口氣把皮膚吹走了，你會生氣嗎？」

「當然會生氣啊！」

「如果我同時舉槍自盡，把自己的頭打爆了，你會怎麼做呢？」

我又繼續問：「自己皮膚被吹跑的憤怒，以及要好的前輩把自己打爆的悲哀，要是兩種心情混在一起，你會怎麼辦呢？」

後輩這時候第一次皺起眉頭。

「首先，我會把自己的皮膚跟前輩的分開。」

「說得也是。」

「要是混在一起了，要拼回去的時候就分不出來了。」

「只有膚色的部分可能沒辦法分辨。」

「啊！我們到了。」

我們一行人錄完在麴町的日本電視台所拍攝的節目時約莫中午十二點，所以打算去吃拉麵。

正要邁出步伐時，後輩說他養的烏龜長大了，得買新的水槽。於是我跟他一起走到市谷的釣魚場。

釣魚場前方的建築物四周和裡面有水槽，水槽裡有大量的金魚、熱帶魚和烏龜。我依序看過去，期待下一個水槽裡會出現小河烏，可惜看完所有水槽還是沒看到小河烏。

回家的路上，我們說到要去吃市谷有名的拉麵店「團團轉」。走著走著看到一家沒有招牌的店家前方出現人龍，走過那家店時發現「團團轉」的招牌。「啊！就是這裡。」我們興奮地要走進店裡時，後輩突然大叫一聲：「不對！」、「怎麼了嗎？」、「這家店不是『團團轉』！」

我心想後輩在胡扯什麼？結果仔細一看，招牌上寫的是「吐舌頭」。後輩沒說錯，這裡真的不是「團團轉」。

招牌用的是毛筆寫成的字體，所以乍看之下分不清楚❷。當然去吃「吐舌頭」也沒什麼不好，只是走進不知道的拉麵店和以為是「團團轉」，走進去卻發現是「吐舌頭」的衝擊太大，所以還是把「吐舌頭」留到下次再去吧！這全都是因為我看錯，都是我不好。無論如何，市谷出現兩家想吃的拉麵店是件好事。

我們頓時失去目標和方向，就在市谷信步而行。儘管冰冷的北風把我們的皮膚吹成碎片，還是繼續前進。

「啊！剛剛被吹走的皮膚有一部分掉進金魚的水槽了。」

聽到我這麼一說，後輩白井露出苦笑，低聲說：「要把水槽裡的皮膚撿回來有夠麻煩的。」

❷ 團團轉和吐舌頭的平假名字形頗為相似。

七十一　南青山的稻荷神社

搞笑藝人難波是我從小到大的好朋友，最近開始在南青山的酒吧打工。他在國一時輕聲對我說「你看」，就騎著腳踏車從坡道衝下去，結果跌得很慘還骨折。那個土裡土氣的難波居然在高雅時髦的酒吧打工，我可要去好好瞧一瞧。

我馬上跑去那家酒吧，結果他跟平常一樣，服裝言行也比我想像的更像個酒保。相較於他，反而是我顯得過於興奮，毛毛躁躁。之前我都不敢踏進酒吧，現在卻因為朋友在這裡工作而跑來了。一名女性客人坐在我旁邊，我們三人自然而然聊了起來。

無論我怎麼回答女生的問題，對方都一直誇我「好厲害」。聽著這些誇獎，我心情越來越好，這個瞬間實在很東京。

這時候難波看著我的脖子說：「你的脖子上冒出一些小顆粒。」原來是我長了蕁麻疹，接著連上唇都腫了起來。

剛剛雙眼發光、聽我講話還一直點頭的年輕女性指著我腫起來的上唇，拍手大笑：

「好像恐龍喔！」我真想殺了數分鐘前得意洋洋的自己。

走出酒吧，看到氣氛凜然的神社，瞬間酒氣全消。我應該過著符合身分的日子，發言也要符合身分，果然還是身體最老實了。

七十二　在東京醒來時第一眼看見的天花板

聽說男人忘不了過去很窩囊，我這個人別說忘不了了，根本是把回憶拎著走，甚至是回憶走在我兩步之前。我曾經為了要刪去喜歡的人的電話號碼，特地爬上視野良好的山丘；偶爾拔到很長的鼻毛也捨不得馬上丟，用衛生紙保管了兩天，因為搞不好還想看一看。

二十多歲時做這些事情還無所謂，但是人不能總是活在回憶之中。我明白這個道理，卻管不住自己的夢境。儘管工作上失敗是家常便飯，每次在外頭出醜後，我總會做那個夢。

那是黃昏時分，我垂頭喪氣，沿著目黑川前進。我想回家，但是那個家不是自己家，而是前女友家。走到前女友家，發現沒開燈，發現她不在，所以有些悵然。我走上二樓，穿過狹小的廚房，看到裡面有張床，還有我硬搬進來的書櫃，塵埃在西曬的房間飛舞。我坐在前女友撿來的紅色沙發上，發現桌上留著紙條。

「工作辛苦了！今天也很好笑喔！我笑了好久！現在想起來還會笑出來。」就算是客套話，我也很高興。明明我毫無表現。

這句話旁邊畫了我的肖像畫。我翻到下一張紙條，發現上面寫了「尤其那句話最好笑，就是你說要吃肉的那句！」那句話不是我說的，是司儀說的，我不過是靜靜坐在位子上罷了。

我一個人笑著醒過來，又是這個夢。不過今天有個古怪的結尾，我能為了自己悲慘的模樣發笑，這是個好兆頭，真的是好兆頭嗎？

每天醒來時第一眼看見的天花板，反射出夢境的後續，也反射美好的景象。

七十三　青山相關的各式物品

每個人對於穿著打扮的看法都不同，偶爾會聽到有人說：「男人還注重穿著真噁心，反而顯得俗氣。」如果提倡這種看法的男人穿著「姊姊傳給他的粉紅色運動褲」和「六歲以下兒童穿的貓咪圖案可愛T恤」，我反而能認同對方是男人中的男人，毫不在意周遭的眼光，實際體現「我隨便穿上家裡有的衣服就來了」這種虛幻的台詞。

那些瞧不起他人時尚的男人，多半穿了一身不會遭人批評的無害服飾，根本是狡猾的詐欺犯。聽到他們說「我是靠自己的身體素質一決勝負」，我就想吐槽他們：「你是通過美少年選拔賽『JUNON SUPERBOY』決賽的JUNON BOY嗎？」JUNON BOY這樣也無所謂，不想輸給JUNON BOY的人這樣也無所謂。

我討厭的是那些心胸狹窄的傢伙，擺出對穿著打扮沒興趣的樣子，假裝「一個不小心就品味太好，才會打扮成這樣子」。要是有人穿著像武田信玄的鎧甲，汗流浹背地說「這就是我的美學」，這種人才值得我親近。雖然我不想跟他當朋友就是了。我很想瞧瞧這種人參加婚禮續攤時，會穿成什麼模樣。

創作也是一樣。我只想為那些流血流汗，拚了命才完成的作品付錢。雖然這世上可能有天才，輕輕鬆鬆就能做出優秀的作品。

七十四　神保町二手書店街

我初次造訪神保町是剛來東京沒多久的時候，完全臣服於沿路二手書店林立的壯觀景色。這裡還有許多咖哩店和咖啡廳，匯集了所有我喜歡的東西，簡直就是天堂。咖哩店有Bondy與共榮堂，書店有欅書店、小宮山書店，還有咖啡廳Sabouru……來到這裡，能遇見各種書籍與咖啡。

從那之後我常常造訪神保町，已經過了十三個年頭。我曾經在小宮山書店樓上和十幾歲時便憧憬的作家一對一喝酒。當我感到醉意時，對方問我今後的目標。面對自由追求創作之路的作家，我不禁愧疚起來：我至今的行動足以向人訴說理想嗎？我是不是過著醉生夢死的生活呢？我因此語塞。

結果他告訴我：「把看到的一切都化為笑到快發瘋的對口相聲如何呢？」他這番發言真是發矇振聵。我就是該這麼回答才是。我一直逃避，以為糾結在想做和該做的事情之間是理所當然。

這世上的確有些作品是少數人才懂的陽春白雪；也有些作品老嫗能解，吸引大量讀者。但是創作者在創作之前就留意到市場傾向，或許是為作品的弱點找藉口。無論是煩惱還是看開，可能都只是自我辯護。

「把看到的一切都化為笑到快發瘋的對口相聲如何呢？」這句話遠遠超越這一切。就算被笑做不到，也要能大方說出這句話——我在書堆上把這件事銘記在心。

七十五　東京鐵塔

媽媽從大阪來東京找我。我已經年過三十，差不多該做點孝順父母的事了。回顧人生，我有好幾件事得向媽媽道歉才行。我不是什麼不良少年或是超級問題兒童，只是個平凡無奇的兒子。仔細想想，還是給他們添了不少麻煩。

我小時候喜歡爸爸也喜歡媽媽，但是兩個姊姊不但宣布自己「最喜歡媽媽」，就連爸爸那邊的親戚也說「你家是媽媽的地位比較高」。我覺得爸爸這樣很可憐，為了公平起見，所以一直欺騙大人：「我比較喜歡爸爸。」儘管如此，媽媽從來沒揍過我，總是溫柔照料我。

另外還有許多顧慮媽媽心情的煩人故事。例如我最喜歡的水果是梨子，可是媽媽不知為何總以為是蘋果。我覺得不能破壞媽媽心中的印象，所以一直到高中畢業前，都隱藏自己其實喜歡梨子的事實。就連姊姊去採梨子，把採來的梨子端上餐桌時，媽媽都還特意切了蘋果，笑嘻嘻地端到原本興高采烈以為可以吃到梨子的我面前說：「直樹就是喜歡吃蘋果對吧！」

我心想不能辜負媽媽的期待，硬是把蘋果吃完，還露出遺憾的樣子說「已經沒有蘋果了吧？」再稍微大聲地自言自語：「那我只好勉強吃梨子了。」這下子終於吃到最喜歡的梨子。我想對媽媽來說，這實在是很無聊的謊言。

媽媽這次拿了一堆簽名板來東京，要我幫他簽名。有人要我的簽名是件值得感激的事，我也該做點孝順父母的事，於是拿起簽名筆，聽從指示簽名。

簽了幾張之後，我在意起一件事。媽媽說要簽給「徹同學」，這個「徹同學」究竟幾歲呢？媽媽說對方二十歲。二十歲已經是大人了，我認為應該稱呼對方「先生」才對。我把自己的想法告訴媽媽後，繼續簽名。

接下來媽媽說要簽給「小勝」。我順口問了一下，原來小勝是十歲的小男孩。十歲小男孩的自我意識已經萌芽，我跟媽媽說應該要稱呼對方「同學」，然後繼續簽名。

講著講著媽媽被我搞得一頭霧水，開口變得猶豫不決：「下一個是隆……先生……」我聽了有點緊張，追問媽媽隆先生幾歲，她說：「六歲。」六歲的話應該要叫對方「小隆」才是。

接著媽媽又說：「祥子已經是大學生的年紀了，所以是祥子小姐……」我寫下對方的名字和自己的簽名，又聽到媽媽輕輕說：「嗯——不要放棄夢想……」我忍不住發出疑惑的聲音，媽媽卻催促我繼續寫下去：「不要……放棄……夢想……」我問媽媽到底是怎麼一回事，她說「因為她要去考長照服務人員的學校，所以很用功念書」。

我雖然明白媽媽的意圖，但是由我來寫她的意圖很奇怪，結果媽媽還是老樣子。最後我沒能帶她去東京都內觀光，本來好歹想讓跟東京鐵塔塔腳一樣的媽媽，看看真正的東京鐵塔。

七十六　池尻大橋的小房間

我當時的日子好比在爛泥巴上匍匐，肚子餓是因為沒錢所以沒飯吃。想吃飯就該去賺錢，偏偏又找不到工作。打工面試總是被刷掉；粗活的工作應徵上了卻又做不久。我這個人這麼沒用嗎？但是我已經無法振作精神，與其說是維持原狀，不如說是自暴自棄。沒錢就不要吃飯，沒錢就不要買東西。我又不是為了吃飯跟買東西才來東京的。

我時常懷抱好高騖遠的心態，沒來由地自以為「我不只這點本事，只要我有新作一定會成功」，生活就越自暴自棄。既然我是個廢物，每天當然也過得很廢。我要是明白自己處於最糟糕的狀態也就算了，偏偏周圍還有許多比自己更辛苦的人。

我不禁和他們相比，覺得自己不能因為這點挫折就絕望沮喪，也克制自己不能輕易吐苦水，要表現出一副毫不在意的模樣。可是我騙得過大腦卻騙不了身體，不到半年便瘦了十公斤。肌肉鬆弛，臉頰凹陷，眼睛下方出現彷彿用鉛筆塗出來的黑眼圈。自從變成這副德行，每個人看到我不是說噁心就是陰沉。

我去店裡翻閱女性雜誌，讀到想改變氣氛可以把額頭露出來，於是把瀏海剪短，換上鮮豔的夏威夷衫好讓穿著打扮也變得明亮一點，結果成了東京都內數一數二的古怪年輕人。

心情成天像在走鋼索的某個夏日，工作結束之後，我不敢搭電車，一路走到原宿。我腦袋空空走進二手衣店，傻傻地把身上的錢都花光了。走出店家，發現還沒成熟的果實從神社前方的樹木掉下來，這幅畫面稍微打動了我，我這才想到自己最近沒什麼感動的體驗。看到前方也有一個女生凝視掉落的果實，我心想她或許能拯救我，這實在是種自以為是的想法。可是我還是追上去，對方以非常恐懼的眼神凝視我。

我不停說著莫名其妙的話，後來才知道對方以為自己會被可疑人物殺掉。那時候的她應該直接逃走的，明明是我自己開口搭訕，講著講著才發現身上沒錢，最後留下一句「我身上沒錢，後會有期」便轉身離開。對方怯生生地開口：「所以你是要我借你錢嗎？」她或許是想藉此徹底擺脫莫名其妙的陌生人糾纏。最後她請我喝咖啡，聽我吐了一大串苦水之後，還送我去澀谷車站搭車。

冷靜後我發現自己的行為真是可怕，同時也察覺對方的行動是保護自己的最佳方法。雖然我們交換了聯絡方式，不過我想自己不該再跟對方見面了。一個月後，夏天結束了，我又陷入膝蓋以下彷彿埋進混凝土的日子。到了秋天，我鼓起勇氣傳簡訊約對方碰面，她表示願意跟我見面，身體突然輕盈了起來。

後來我們越來越常見面，原來活著也是會遇上好事。雖然這個感想非常平庸，說出來很丟臉，不過我終於恢復了一點精神。因為她很開朗活潑。

那個人真的很開朗，衣服顏色都很鮮豔可愛，卻不低俗。聽的都是國外的流行樂。我以前從來沒聽過流行樂，所以特別去看雜誌學習什麼是流行樂。我去二手衣店買XL的寬鬆T恤來穿，心想她看了會很高興。本以為她會誇獎我，她卻笑著對我說：「你這樣好像第一次穿西式服裝的武士！」、「老爺爺就不要勉強自己了啦！」

面對一個沒工作、沒錢還沒有任何優點的渣男，她到底是抱持什麼樣的心情交往的呢？她發自內心被我奇怪的言行逗笑，甚至要求我做更奇怪的舉止。我給人家添麻煩還說這種話很沒禮貌，但有時候我覺得她才是瘋子。

我們剛開始交往時，她說想去迪士尼樂園玩，我卻回她沒錢搭車到那麼遠的地方，兩人因此大吵一架；她說想去喝酒，我回她身上沒錢，自己卻跑去讓別人請客，喝得醉醺醺地回家，惹她生氣。

我們一起去挑衣服時，她總是買我的尺寸然後說：「這樣我們可以一起穿。」明明她根本沒有穿那件衣服的場合。聖誕節與生日時都會送我上台表演用的衣服和鞋子。說到我送的禮物，只有電動玩具的紅白機與跟玩具沒兩樣的便宜手錶。只有一次我認真存錢送她錢包，她一直用到錢包都破破爛爛了還捨不得丟，手錶跟錢包都和她的穿搭一點也不配。我沒有身分證明文件，所以連現金卡都辦不成。

我陷入憂鬱時，她總是一個人又唱又跳逗我開心，總之她是一個非常活潑開朗的人。每天晚上目送我去散步，等到我在河邊哭完回家之後，削梨子等當季水果給我吃。

過了幾年，我登台表演的次數增加。雖然收入還是很少，只能住沒有浴室的雅房，至少付得出自己的生活費。那個人以前穿的都是最時髦的可愛衣服，不知從何時開始只會穿從跳蚤市場買來的衣服，全身上下加起來不超過三千圓。

後來我約她去迪士尼樂園玩，因為這麼多年都沒能帶她去，讓我充滿罪惡感。她卻拒絕我：「在家附近散步就很開心了。」偶爾約她去吃點高級料理，她還是拒絕我：「錢不要花在我身上，自己賺來的錢該花在自己身上。」我想送她錢包，她卻拿出好久以前我送的那個破爛錢包說：「我真的很喜歡這個錢包。」

那個人開始過樸素的生活，比以前更喜歡沉穩的音樂。儘管如此，她在我面前還是裝出開朗的模樣，總是為情緒起伏激烈的我打氣。原本散發出黃色溫暖光芒的她，現在卻像一片蓊鬱的森林。她開始睡不著覺，就算醒著也看起來很睏；變得害怕東京，就算躲在家裡也害怕東京會發現她。

後來換成我洗完澡之後梳成奇怪的髮型，從浴室跳舞出來逗她笑，然而我怎麼表演看起來都像是老爺爺在勉強自己。那個人後來因為健康狀態每況愈下，沒辦法繼續在東京生活，就退租回到家鄉。休養了一陣子再來東京卻還是惡化，就再度回到故鄉。

為什麼我當初會過著那種日子呢？拿年輕當藉口，任性粗暴地寄生在對方身上。一般來說，我總有一天要報答妳的恩情才對，事情不應該變成這樣的。

我催促妳趕快出發，兩人邁出輕快的腳步。首先是吃烤肉吃到肚子痛，我們之間不用互相禮讓，妳也不用騙我說已經吃飽了。第二天是去只有吧檯座的高級壽司店，吃師傅準備的無菜單套餐。第三天是高級鰻魚，第四天是法國菜。

反正我們也看不懂菜單，我們就點些發音唸起來很好笑的餐點，或是名字聽起來像是必殺技的葡萄酒吧！第五天去海邊游泳游到精疲力竭，晚上吃鮭魚菲力和茶泡飯讓胃好好休息。

要是我說：「這真是最高級的享受。」妳應該會笑我：「不要講得一副你很懂的樣子。」晚上我們去泡露天溫泉，眺望天光漸亮的富士山。這時候我拿了一枝用吸的棒棒冰PAPICO，因為我們約好了，好事發生時要吃冰慶祝，就和平常一樣一人一半吧！回到房間後，開始朗讀太宰治的作品，算是謝謝妳總是在我發燒時為我唸宮澤賢治的《不畏風雨》，所以別忘了要帶上新潮文庫版的太宰治作品。

隔天我們去迪士尼樂園玩，妳會覺得害羞嗎？還是會顧慮我而不敢放膽玩？但是我已經戴上大耳朵在等妳了。我們去坐那些快速奔馳和高處俯衝的遊樂設施，隔天再去富士急樂園搭那個白色的雲霄飛車。或是去銀座買妳看到價錢會笑到瘋的高級手錶；買藝人去度假時會戴的那種太陽眼鏡；買介紹名牌的雜誌會刊登的時髦衣服逼妳穿上，再幫妳戴上拿來揍人會敲掉牙齒的巨大寶石戒指。最重要的是，我再也不需要拜託妳才能借DVD了。最後我們還要一起出國玩，其實幾年前我已經辦好護照，我們可以去紐約、巴黎、米蘭和上海。到國外去吃當地美食，吃膩了就打開帶去的日式泡麵來吃。

就算我如此提議，那個人應該會因為害羞而不肯答應吧。其實只要有暖桌、橘子和團團轉樂團的新作品，就能看見她的笑容了！

寒冷的夜晚，我用妳給我的鑰匙走進妳家，硬是把熟睡的妳吵醒，看著妳毫無戒心的表情，對妳說「口渴了吧？這瓶水給妳。」順手把買來的可樂塞給妳。妳閉著眼睛，兩手握著瓶子喝下去，輕輕地叫了一聲，用雙手搔抓脖子，最後我們都笑了。這就是我東京生活的亮點。

七十七　花園神社

三十歲時，搞笑藝人的後輩在居酒屋幫我慶生。沒錢的我們喝到錯過最後一班車，只好去花園神社消磨時間，等待天亮。

有人幫我慶生，我既高興又害羞。不知道該怎麼隱藏這些情緒，加上又喝了酒，回過神時，我已經在教後輩在山上遇到天狗時該怎麼辦。

我的話一點都不好笑，後輩卻努力炒熱氣氛，問我「天狗是什麼顏色呢？」我得意洋洋地指著拜殿說「那種顏色」。大家真的是好人。

七十八　都立大學車站前的風景

因為離下一個工作剩沒多少時間，於是我搭上計程車，對司機說：「請到學藝大學站。」司機沉默地前進，開向陌生的道路。我忍不住開口問他：「這樣開比較近嗎？」對方一臉不耐煩地說：「對啊！」計程車繼續開往陌生的景色，在「都立大學站」前面停下來。

我一臉無奈地說：「我是要去學藝大學站……」司機反駁我：「那你要早點講啊……」我剛才明明就問過了，當下立刻決定下車，沒想到對方居然要我付錢！「你根本沒載我到目的地啊。」、「那付起跳錢就好了。」我們兩人就這樣一來一往，爭論不休。

我不死心地回他：「我付你起跳錢，那你要帶我回到上車的二十分鐘之前。」司機聽了捧腹大笑：「小哥，你的想法很好笑吔！」我聽了竟也高興起來，害羞地回應：「是嗎？」最後我還是付錢下車了。

但是，我接下來要去的地方在哪個方向？搭電車還是坐計程車比較快？身上的錢夠嗎？趕得上下一個工作的時間嗎？在人來人往的都立大學站前，我像隻迷路的小狗，不知該何去何從。

七十九　高尾山藥王院

我從小就喜歡天狗，從鼻子、顏色到外表，還有妖怪中數一數二的強大法力，全部都喜歡。雖然是傳說中的人物，卻無人不知，無人不曉。當我們在腦中想像天狗的模樣時，他則是雙手抱胸，從天上俯視我們。想到天狗就讓我情緒激動。總之我就是這麼喜歡天狗。

那麼東京的天狗住在哪裡呢？就住在高尾山上。知道要去高尾山出外景時，我高興到從家裡拿出自己的天狗面具和禪寺僧侶穿的「作務衣」。因為我沒有天狗身上穿的「山伏」。

外景的流程是先去猴子園採訪，再去參拜高尾山藥王院。一路上都沒有用到天狗面具與作務衣的機會，而且我因為害羞，所以沒辦法告訴工作人員，其實我帶了打扮成天狗的衣物。雖然沒能直接看到天狗，倒是感覺到天狗站在大杉樹上或是藥王院的屋頂上看著我。

回程是搭登山吊椅下山。我終於按捺不住，從包包裡拿出天狗的面具戴上。上山的人群用不可思議的表情看著我，闔家光臨的遊客則以為這是高尾山刻意安排的餘興活動之一，還高興得向我揮手。其實這只是一名男子無聊的個人嗜好罷了。我理所當然地假裝成天狗跟大家揮手，在吊椅即將抵達終點時摘下天狗面具，要是被工作人員發現有個怪人就太丟臉了。

然而，就在我走下吊椅時，看到一旁的板子上貼了好幾張照片，心中湧現不好的預感。原來山腰處設置了自動攝影機，方便遊客在山腳挑選剛剛拍下的照片。我根本沒發現被拍了！照片裡都是在吊椅上搖晃的人類，還有一隻突兀的天狗。

幾名員工看到我則紛紛竊笑，實在是太丟臉了！我開始假裝早就發現攝影機的樣子，買下天狗的照片：「啊！就是這個啦！我是玩遊戲輸了才會扮成天狗！」我的臉當然也紅到跟天狗不分軒輊。

八十　雜司谷的漱石之墓

雜司谷靈園離池袋不遠，夏目漱石就葬在這裡。

我很討厭聽別人分享晚上做的夢，讀了夏目漱石的《夢十夜》才知道原來也有人會做有趣的夢。

夏目漱石的墳墓像個大椅子，在靈園當中顯得格外與眾不同。他的墓地視野良好，朝右後方望去，看得見池袋站前的高樓大廈。然而看了一堆墳墓之後，就算映入眼簾的是高樓大廈，看起來也像是個大墳墓。

八十一　祖師谷大藏的商店街

我忽然想說說看「祖師谷大藏」這幾個字，好像說了就能全身輕鬆。我在祖師谷大藏的二手衣店找到跟以前穿爛的球鞋一模一樣的鞋款，二話不說就買了。

幾天之後，我偶然走進澀谷的某家店。店員指著我的鞋子說：「這是我們家出的鞋子。」每次店員向我搭話，我都會緊張，於是回答對方：「我買了兩雙。」可是對方毫無反應，我有點慌張，又補了一句：「給我一雙一模一樣的。」結果對方臉上明顯流露「啊？你這傢伙在說什麼？」的表情。我這個門外漢的確發言太輕率了，真丟人。但是來搭話的人可是你啊！

每次去祖師谷大藏，我總會想起這一連串的往事，然後試著獨自小聲地說「祖師谷大藏」。

八十二 LUMINE the 吉本

新宿車站旁邊的商場 LUMINE 2 七樓有個劇場，通稱「LUMINE」。在東京出道的吉本新人，目標就是站上這個舞台。

劇場在二〇〇一年四月開幕，我第一次站上舞台是二十歲的時候。之前我只在規模比較小的舞台，和比我大幾屆的前輩、同梯的藝人一起表演過。LUMINE 連已經上電視的前輩與主要在大阪表演的大前輩都會來，所以就算在後台休息室也無法放鬆。

我不知道自己該待在哪裡才好，總是跪坐在休息室的角落或是抱膝而坐，儘量縮小自己占用的空間。大概是因為我看起來很陰沉，很少有人主動跟我搭話。有時好心的前輩看到我在看書，會來問：「你在看什麼呢？」可是大家一聽到我回答「泉鏡花的《高野聖》」就接不下去了。

ALL 阪神．巨人師傅來 LUMINE 表演時，我去休息室和他們打過招呼。巨人師傅直勾勾地盯著我的臉看：「你是不是在吸毒？毒品絕對碰不得！」我立刻慌張否定。當他聽到我們的名字是「線香花火」，立刻哈哈大笑：「取這什麼名字啊。」雖然對話本身沒什麼意義，光是師傅願意跟我說話就讓人高興得不得了。

休息室的角落有個神龕，Penalty 的脇田每次出場表演之前都會對神龕雙手合十祈禱。脇田的運動神經很強，跟真正的運動選手沒兩樣。身材高壯結實，新人裡也數他鬍子最為濃密，充滿男人味。看到他虔誠祈禱便能感受到他是認真面對每一場表演，於是我以他為榜樣，也向神龕雙手合十祈禱。但是祈禱不到半年，鬍子便濃密到不可置信的地步。我一直深信這是脇田對我的詛咒。

大家表演完之後，前輩通常會帶後輩去喝酒。我這個人外表陰沉又面無表情，從來沒人約我去聚餐。所以第一次在 LUMINE 遇到前輩請我吃飯的記憶，直到現在都還鮮明一如昨日。當時請我吃飯的是「大之字」的大地洋輔和當時隸屬「CHILD MACHINE」的山本吉貴。

我和平常一樣躲在休息室角落喝可樂時，山本突然開口：「你怎麼這樣喝寶特瓶？要喝就把整個瓶口含住啊！」這是我有生以來第一次有人指正寶特瓶的喝法。難怪我以前總覺得喝起來不是很方便。我很尊敬 CHILD MACHINE，所以前輩指正我時既難為情又高興。他知道我表演完沒有約，便帶我去和大地前輩一起吃飯。大概是想試試跟珍禽異獸相處是什麼樣的感覺吧！

我沒想到大地前輩去居酒屋之前，竟然先去預借現金。進了居酒屋，大地前輩大方招待我：「想吃什麼就點。」可是剛剛前輩去預借現金的畫面還留在我腦海中，實在很難點下去。我以為當搞笑藝人就算借錢也要請後輩吃飯。

從那天開始，山本前輩也請我吃過幾次飯。他去居酒屋之前，有時也會預借現金。前輩去預借現金的背影；前輩預借現金之後的表情；借完之後去烤肉店的前輩；借完之後給我現金，讓我搭計程車回家的前輩；借完之後，帶我去奇怪的店，跟我說「想要什麼任你挑」還買了色情DVD給我的前輩——我一輩子不會忘記山本前輩這些模樣。每次我感謝前輩請客時，他總是迴避我的眼神說：「一點小意思，沒什麼。」

我從幾年前開始請後輩吃烤肉，請到大家在背後偷偷說我是「摔角新人的贊助人」。我執著於請烤肉到近乎瘋狂的地步，這都是當時山本前輩的影響。每當後輩感謝我請客時，我也總是迴避大家的眼神說：「一點小意思，沒什麼。」

我對LUMINE還有許多回憶。線香花火在二〇〇三年八月底宣布解散也是在

LUMINE的舞台上。最後一場表演是現場表演段子的對戰，對手是綾部祐二一個人。

約莫一個月之後，也就是同一年的十月，我和綾部組成Peace，參加銅鑼秀（The Gong Show）。這場秀是由LUMINE劇場的新人表演一分鐘的段子。Peace首次表演雖然只有業界少數人士知道，還是受到表演經歷相當的同行矚目，舞台旁聚集了許多同行。可是我們辜負了大家的期待，段子內容非常平庸。

剛開始只要我們出場，舞台旁就會聚集許多同行。然而我們一直拿不出有意思的段子，於是舞台旁的同行一天比一天少。過了一陣子，再也沒有人關注我們。我們花了將近兩年的時間才終於獲得一般表演的機會。

我在LUMINE劇場表演了十年以上，經歷了許多難忘的回憶。表演尾聲是所有表演者站上舞台，從抽獎箱中抽出標記座位號碼的門票。中獎的觀眾可以獲得劇場的招待券。大家抽獎時一定會用力搞笑，從來沒有人乖乖照唸。有的人一口氣抽了一堆票，有的人在箱子裡摸索半天，有的人不敢把手伸進箱子……總之各自有不同的搞笑方式。

有一次我是最後一個抽票的人，那時候大家都已經玩過一輪了。我恍恍惚惚思考究竟要說什麼，在應該認真唸出座位號碼的氣氛之下開口：「今天當選的幸運兒是平常協助我們表演的音效人員。」

本來場內播放的背景音樂控制在不會打擾大家聊天的音量，聽到我這句話頓時響徹會場。音效人員以音效人員才做得到的即興方式表達感謝，觀眾聽到音效人員的靈敏反應和服務精神，全場氣氛高昂。

我接著又說：「不好意思，我看錯了。今天的幸運兒是平常協助我們表演的燈光人員。」

話一說完，燈光瞬間轉暗，下一秒則是出現美麗鮮明的紅色燈光在舞台上快速交錯。觀眾當然又因為燈光人員華麗的即興表演興奮起來，成為一場記憶鮮明的表演。

劇場不只是藝人表演的地方，還需要舞台導演、音效人員、燈光人員、道具組和行政人員等工作人員協助，才能順利演出。更重要的是有觀眾進場，舞台才會拉開序幕。

八十三　晴空塔

晴空塔，從哪裡看你都一覽無遺，真是羞羞臉。要是今天有隻大怪獸跑出來，你一定第一個被攻擊。下雨的日子朦朦朧朧的還挺有風情，放晴的日子實在太一清二楚，連抬頭仰望你的我都覺得難為情了。

看著你總覺得你像個迷路的男人，卻因為體型太高大、太顯眼，反而變成大家集合的標的。不過你這樣也好，不用像我一樣躲起來。

八十四　六本木通的交叉口

現在介於遲到與不會遲到之間，總之我先跳上計程車。雖然在旁人眼裡可能非常平凡，甚至一副比其他人還慎重的樣子，這都是我的個性害的，因為我認為這種時候還慌張失措很丟臉。讓我離題一下，學生時代參加馬拉松比賽，我和其他人擦身而過時故意停止呼吸，假裝一點也不累。結果反而落得呼吸困難，差點昏倒，最後在眾人面前大口吸氣，醜態百出。

我對司機說：「我要到台場。」對方默默點頭。從司機這副樣貌，我猜想他應該是位沉默的專家。計程車從澀谷經過六本木通，在青山附近的交叉口因為紅燈而停了下來。前方車輛大排長龍，就算燈號改變也無法前進吧！糟了，是真的糟了。搭車移動時遇上塞車，我感覺有一股涼意從下腹部一路上升到胸前，非常焦躁不安。這下子我要遲到了，可能會因此丟了工作。

這時候司機用低沉冷靜的聲音輕輕說：「您趕時間嗎？」這時候我的心情就像身處

地獄，卻看到一根蜘蛛絲垂了下來；或是人在地下監獄，卻吹來一陣柔和的春風。司機決定出手救我了。

「對，我在趕時間。」他默默打亮右邊的方向燈，朝只有內行人才知道的捷徑開過去。要是交給他，我應該來得及。計程車平順地右轉，可是右轉了眼前還是車龍。司機一點也不著急，把方向盤向左轉，開進小路，像是他從一開始就打算這麼做一樣。

他開到盡頭便平順左轉，一路前進，到了大馬路又靈活地左轉，以熟練的動作回轉。我抬頭向前看，發現我們又回到方才司機問我是不是在趕時間的交叉口。這實在是太可怕了。

剛剛究竟是為了什麼要兜風那幾分鐘呢？為什麼要裝出大師的樣子呢？司機默默握著方向盤，凝視前方。我也把雙手放在副駕駛座的椅背上，默默凝視前方。這裡是通往魔界的入口嗎？

八十五　麻布某個地下室

我覺得怕生就某種角度來說是一種才能，需要有毅力才做得到。我因為沒才能又沒毅力，無法貫徹怕生這件事。和人接觸的確很可怕，可是要明確擺出不願意接觸他人的態度，更是可怕。

「怕生」這個詞的定義很模糊不清，我認為世上幾乎所有人心中都有怕生的一面。能夠馬上和任何人交朋友的人才是稀奇，但是大多數的人都沒有貫徹怕生的勇氣與精力。雖然我覺得在這個社會上怕生會活得很辛苦，卻也很羨慕。儘管痛苦也要秉持孤獨的驕傲，想必這會成為生命的意義吧！

真正的地獄不是自己孤單一人，而是身處於社會之中。我認為和他人接觸才是真正的地獄。不過，我一點也不討厭人，甚至還很喜歡人。我到目前喜歡的他人個個都是人，我的父母兄弟也都是人，所以我最喜歡人。

文章寫得這麼客觀，好像我是個妖怪似的。其實我只能主觀看待他人。當然我自己也是人類。戰戰兢兢跳入社會這個大染缸時，也遇過拯救自己的菩薩，所以我從來不曾絕望過。

但是問我是不是跟誰都能說上話，也不是這麼一回事。有些人看到我可能會皺起眉頭說：「你跟怕生有什麼差？」畢竟我也有怕生的一面，過去也曾經貪圖方便而說自己很怕生。

我決定以後儘量不要這麼做。怕生是一種舉止，跟打哈欠等行為一樣，不應該是背負一生的名詞。總之我這個人無論是從何種觀點來分析，都沒有恰好適合我的分類篩子。無論篩子網眼多小，我都會掉下來，果然是個麻煩人物。

我在年輕時便發現這件事，甚至想過不能接受與其他人一視同仁；也想過其他人要怎麼分類我是他的事，我不能認定自己是何種人。要是認定自己是某種既定類型，我就會不由自主地去貼近那個形象。這麼做既不自然，也會失去自我，我這個人就是想太多。雖然這麼想未嘗沒有道理，不過我應該要做到能輕鬆擺脫這種心態。

換句話說，我沒有堅持自己一定不會奉承討好。我沒想過要靠討好別人得到什麼好處，但是看到對方因此心情好不是什麼壞事。只是我經常做不好，偶爾神來一筆，順利炒熱氣氛時，少數人會得意洋洋地揶揄我：「你哪裡怕生了？」這都是我過去貪圖方便用怕生來介紹自己才會自扯後腿，所以我應該要隨便應付過去才行。但是出乎意料的是，我心裡其實激動到口吐惡言：「沒有想像力的豬，給我閉嘴！」

看到什麼說什麼是動物的本能。不對，用本能和動物這種字眼還太便宜他們了。本能跟動物比那種人偉大，其神祕性與高深莫測非常吸引人。

這裡說的「豬」是我個人不加修飾的惡言，意指在人類社會徹底誇張變形的傢伙，在這種人身上感受不到一絲一毫知性，也看不到任何純真心靈的痕跡。

有些人或許會把沒有惡意的單純和沒經驗造成的直線思考當作藉口。我倒想問問這種人：你們都不會體諒別人嗎？都沒想過對方為什麼會採取那種行動嗎？對我來說，放棄同情和想像的人全部都是豬，沒有例外。

和這種豬對峙時，我也會放下同情和想像，淪落成一隻豬。就算我想阻止自己也阻止不了。這件事情之所以可怕，在於心中只會湧現恨意，不會出現其他情緒。

前言寫得這麼冗長，其實是想說我前幾天憑著酒瘋，接受朋友邀約，一起去年輕人放音樂跳舞的夜店，醜態百出。首先這是我人生第一次醉到什麼事都不記得，加上人又緊張，想要報答這群特意邀我一起去的好心人，反而給大家添麻煩。我想安慰面對陌生環境還是嘗試融入的自己「這樣做沒錯」，也想對那個喝到沒記憶的自己說「你真丟臉，不要做超出自己分際的事」。

隔天我向昨天晚上一起喝酒的朋友道歉，大家都是好人，安慰我沒事，別在意。就只有豬對我說：「你哪裡怕生了？」早上起床時我發現床旁邊有一坨像是濃縮咖啡的嘔吐物，真想讓豬看看。

八十六　銀座老酒吧「魯邦」

太宰治有張很有名的照片，照片裡的他坐在凳子上，把腳抬上來，不知道在跟誰說話。自從我知道那張照片是在銀座的老酒吧「魯邦」拍的，就一直很想去。走進御幸通的巷子，走下老房子的樓梯，就抵達目的地了。

打開門，映入眼簾是昏暗的照明和氣氛沉穩的裝潢。照片上的景色就在眼前。牆壁上有三張大照片，應該都是在這裡拍攝的。

「太宰治、坂口安吾、織田作之助。」聽到我這麼說，年長的老闆問我：「你是大阪人對吧？」看到我點頭，老闆又接著說：「大家都認得太宰治和坂口安吾，只有大阪人才會認得織田作之助。」

織田作之助和太宰治是同時期的作家，主要在大阪一帶活動。但是現在連大阪人都不太清楚織田作之助的事了。順帶一提，我最喜歡《賽馬》和《青春的悖論》。

第二次去魯邦是去喝酒。我一個人去會怕，所以硬拉了搞笑藝人的前輩與後輩陪我去。聽說坂口安吾喜歡加了蛋黃的雞尾酒「黃金費士」，太宰治喜歡純飲威士忌。

我模仿太宰治純飲威士忌，看到大家都流露渴望我發表感想的眼神，於是輕浮地說「這就是太宰治」。結果被大家唾棄：「你這傢伙懂什麼？」

八十七　蒲田的文學市集

我想要中村文則的簽名。我討厭自己這種愛跟隨流行的地方，但是又拋不下這種欲望。從中村文則的出道作品《槍》到最新作品，我在閱讀時都和自己的人生相互映照。我不知道這是不是小說正確的閱讀方式，至少個人因此時時受到作品的撫慰。

身為一介讀者最幸運的，正確來說是中村文則竟然願意與我對談，我也曾經在雜誌上發表對於他作品的感想。現在我們的關係不僅是讀者與作家，就連工作上也受到他多方照顧。

但是我原本是中村文則狂熱的書迷，現在也還是著迷於他的作品。每次和他見面時，我雖然佯裝平靜，心裡其實大喊大叫：「啊！是中村文則啊！」但是我不能跟他要簽名。這不但是給他添麻煩，我也不希望我們的關係是一介書迷與作家。我這番發言很像單相思或是外遇對象會說的話，不過我真的很想要他的簽名。

就在此時，我得知在蒲田舉辦的文學市集活動之一是中村文則的簽名會。這真是個大好機會！我不過是偶然去到蒲田，發現這裡在舉辦文學市集，晃進去瞧瞧，剛好發現中村文則在辦簽名會，於是我就去打個招呼順道排隊拿簽名。這下子就有個正大光明不丟臉的理由了。

我找來朋友配合，一起去蒲田參加文學市集。場地比學校的體育館寬敞上好幾倍，擠滿了來賣書的人群。大家都是來賣自己的作品，連吟詠和歌的枡野浩一都來擺攤賣和歌集，我緊張兮兮地買下枡野浩一的書。漫步在會場，遇上很多人在發書，或是以為在發書而伸手出去，結果對方說了一句「兩百圓」。我和朋友本來是為了中村文則的簽名而來到文學市集，慢慢享受起逛市集的樂趣。

簽名會差不多要開始時，我和朋友走進舉辦簽名會的另一個空間。我想像中的簽名會是每個作家有各自的攤位，想要簽名的人在各個攤位前面排隊。一走進去卻是一整排的知名作家並排坐在長桌子後方，有阿部和重、朝吹真理子與川上未映子，當然也有中村文則。我緊張到開始手心冒汗，這麼多喜歡的作家齊聚一堂，排隊依序要簽名既緊張又害羞。

當初我打的主意——偶然來到文學市集，跟中村文則打聲招呼順便要簽名——完全失敗了。是說我沒辦法用這麼輕鬆隨意的態度跟中村文則打招呼，假裝偶然來到蒲田的文學市集這個設定也太勉強了，而且文學市集的執行委員不知為何一直用巨大的相機瘋狂拍攝我猶豫不決卻還是乖乖排隊的模樣。

這下子我只能坦承自己不是偶然經過了。原本我這個人就自我意識過剩，這世上才沒人會注意我，我依序請作家簽名。真是了不得，今天來的都是了不得的作家。

中村看到我有點吃驚，然後又笑著說：「又吉，你很顯眼喔！」

八十八　目黑區碑文谷 APIA40

二〇一二年除夕那天，我剛好有空。聽說竹原 PISTOL 當天舉辦演唱會，於是前往位於碑文谷的展演空間「APIA40」。

竹原表演時，隔壁的男人對我煩躁地咂嘴：「就只有這種時候來……」告訴、很在意、這種事、的你，我現在、正在體驗、贏過、至今人生、體驗過的、所有感動，所以、放心、吧！

比起這點事，竹原 Pistol 的歌真的很棒，APIA40 也真的很讚。我很高興能在這樣的環境為今年畫下句點。

八十九　青山靈園

我想在港區租房子，於是去參觀物件。可是打開窗戶，映入眼簾的盡是墓地。帶我去參觀的房仲，走到我身邊對我說：「春天櫻花開時，很美很棒喔！」那開花之前，我又該怎麼面對這片墓地呢？最後我沒有租下那間房子。

白天走在青山靈園，清風拂面，完全不覺得自己身處於墳墓之間。墓園裡有志賀直哉等人的墳墓與忠犬八公的紀念碑。

九十　在六本木大樓眺望台看見的風景

我在月台上等電車時突然湧起一股不安，擔心自己要是掉到鐵軌上該怎麼辦？特急列車通過月台時，總覺得有股引力把我拉向電車；有時也會害怕有人從背後推我一把。我獨自一人思考這些事情，在空無一人的月台後退一步。

看到一對情侶在公園開心地打羽毛球，我開始幻想一些令人坐立不安的情況。例如女方揮球拍時太用力打到自己的膝蓋，或是翻跟斗時臉部著地，即將噴出鼻血……我無法忽略不是「可能噴出鼻血」而是「即將噴出鼻血」的幻想，只得趕緊離開公園。

只要陷入這種情況，我看什麼都會想像最糟糕的情況，把自己嚇個半死。光是看到外推窗擺了曬到褪色的老舊人偶，我都會忍不住想像「屋子裡住的是殺人狂」。

就在這時候，刺青店的招牌映入眼簾。那傢伙默默逼近我，太恐怖了。那傢伙靜靜走過來，一群身強體壯的男人突然把我架進刺青店，要在我身上刺無法挽救的奇怪刺青。光是想到這裡就害得我好像體溫下降，結果渾身顫抖，冒出雞皮疙瘩。

上臂要刺的是我最討厭的傢伙噘著嘴在逗人笑的笑臉！一整片背要刺的是陌生阿伯寫的私小說，而且開頭還令人莫名憤怒：「這篇故事是今晚的下酒菜，不是為了別人而寫（作者的詩〈在沙漠〉）」！左胸上要刺的是第三十五屆百人一首大會北信越地區預賽的賽程表！選手為了確認自己要和誰比賽，都跑來看我左胸！逃啊！快逃啊！我腦中的警報大響，雕刻刀在身上留下劇痛，彷彿心臟遭到刺傷。

那群身強體壯的男人把我拉回刺青店，逼我就範，躺在工作檯上。我不知為何做好心理準備，決定在胸口到脖子一帶刺一條龍。刺青師是個看起來很不可靠的年長男子。我忍耐疼痛，等待刺青完成。

此時我聽到刺青師說：「不好意思……」我張開眼睛，以為對方已經完工了。結果對方居然問我：「龍一不小心刺得太大，要是把龍爪也刺進去，會一路刺到鼻子旁邊，你可以接受吧？」怎麼會可以接受呢？我可沒見過有人刺青刺到臉上去。

「不行，你最多只能刺到脖子。麻煩用雲還是什麼把龍藏起來。」、「我明白了，那鼻子以下改成灰色，營造成圍圍巾的感覺，這樣可以吧？」、「你不能修正圖案嗎？不要刺爪子不就得了？」、「沒有爪子的龍不是很可憐嗎？我不能省略爪子！」

這個人真是太可怕了，為什麼這麼為刺青的龍著想呢？實在太可怕了。結果刺到一半的龍從我皮膚上飛出來，纏住刺青師的脖子，大吼一聲：「滾！」我拚命逃跑，不知不覺誤入六本木。這裡才是最可怕的地方啊！逃著逃著居然來到正中央了。爬到六本木大樓的高處，美麗的東京夜景一覽無遺。正當我鬆了一口氣時，那傢伙又來了。

「你在這裡看到的所有人都要你的命。」

我已經無處可逃了。

九十一　車窗外的淡島通

我和節目腳本家大塚一起搭計程車前往下北澤。我們談到下一次表演要演短劇，我把想到的點子說給他聽。

「場面很正經嚴肅，可是說謊時會變成童言童語的疊字……」對方默默點頭，我於是繼續說下去：「劇情是走感動路線，慢慢加入童言童語的疊字……」我提出具體的台詞來說明：「『我唯一的願望是我們倆幸福福』、『我不能讓你一個人犧牲牲』之類的，慢慢提高說謊的頻率。接著是一群不良少年登場，說著『喂！你身邊的女生超可愛愛的！』、『超可愛愛的！』同時包圍女生，男生這時候對不良少年破口大罵：『你們要跟她搭訕，要先打敗我才行行！』最後中年阿伯登場，用正常的方式說：『我的鞋子被河童偷走了。』」

我有點在意自己明明已經使出全力說明還說完了，司機卻連笑也不笑。我不安地開口：「你覺得怎樣？」大塚的回答卻是：「很棒棒啊！」

啊！他根本不覺得棒。司機聽到大塚的回答，當場捧腹大笑。結果逗笑司機是節目腳本家大塚，不是我這個搞笑藝人。

窗外是淡島通，馬上就要到下北澤了。

九十二　田端芥川龍之介故居遺蹟

我在田端文士村紀念館看過芥川龍之介的影片。影片記錄了他對著鏡頭微笑與爬樹的身影。我覺得芥川龍之介有影片很奇怪，而且影片中的他比想像的更活潑。看著芥川爬樹，我很想幫他喝采。

故居遺蹟離車站有點距離。芥川筆下瞬間閃耀的火花強烈吸引我。完整無瑕或許只存在於一瞬間。

九十三　湯島天神的瓦斯燈

那個夏天我哪裡也去不了，也沒做半個充滿夏日風情的活動。我勉強想留下夏天的回憶，卻沒人陪我玩硬是買來的煙火。結果八月的最後一天我閒到不行，行程空到像是老天爺在找我麻煩。我要去哪裡走走，又該做什麼好呢？

總之我肚子餓了，先去位於上野的精養軒吃頓牛肉燴飯吧！那個連夏目漱石和森鷗外的小說都曾提到的精養軒。想想真是個不錯的主意，想到這裡我整個人心花怒放，於是綁上頭巾，穿上奇妙的日式圖案功夫裝，以一身一點也不協調的無國籍裝扮，得意洋洋地走出家門。當時我很喜歡這種混合印度、日本與中國的氣氛。

到了精養軒，用假名「早瀨」填寫等位單。聽到店員以假名呼喚我時，走到自己的位子，點了牛肉燴飯來吃，真是太好吃了。當我走出餐廳時，發現幾名中年的男性警衛指著我，雙手比出頭髮亂七八糟的手勢。那個人應該是用肢體語言告訴同事：「那傢伙用頭巾遮住自己一頭亂髮。」我突然覺得綁頭巾真是個丟人的主意。

既然都到上野了，就去美術館瞧瞧吧！於是我走向東京都美術館，發現正在展覽莫瑞泰斯皇家美術館（The Royal Picture Gallery Mauritshuis）的館藏，據說展品包括維梅爾（Johannes Vermeer）的畫作《戴珍珠耳環的少女》（Girl with a Pearl Earring）。我心想一定要看看。

美術館裡人山人海。關於維梅爾，有起非常有名的贗品事件。一名畫家因為不受藝術界肯定，一心一意想復仇。他特意使用與維梅爾同時代，也就是十七世紀的畫布與顏料，創作維梅爾沒畫過的宗教畫，謊稱畫作原本的主人是沒落的貴族。連老練的鑑定師都沒能看破，還高價出售給美術館。

這或許已經跨越真假的境界，他創作的熱情搞不好還超過了維梅爾。他的復仇算是成功了嗎？假畫賣出去時，他很高興嗎？他也畫了自己的作品嗎？

總之藝術界也有很多內情，不過我很想看看畫家發揮高超的技術與執拗到極點的熱情所完成的真跡。當我想到這裡，剛好走到展示《戴珍珠耳環的少女》的樓層，眼前是「等待二十五分鐘」的牌子和排隊人龍。工作人員告知大家：「排隊的人可以在第一排欣賞繪畫，但是不能停下腳步。不排隊的人可以站在後面慢慢觀賞。」

我於是站在後方，悠然欣賞畫作。人潮在前方三十公分處來來往往，不排隊才划算。《戴珍珠耳環的少女》頭上好像纏了什麼，解說牌的說明表示是印度人或是土耳其人纏的頭巾。頭上纏著頭巾的我，正在欣賞一樣纏了頭巾的少女的畫——人家看了會不會以為我這個人痴迷於頭巾呢？想到這裡我又後悔自己為什麼要綁頭巾出門了。

走出美術館，夏天已經接近尾聲一事刺激得我焦躁不安。我走進湯島神社附近的甜點店「蜜蜂」，點了一碗剉冰來吃。我終於做了一點跟夏天有關的事，稍微感受到些許幸福的滋味。

走出甜點店時已經是黃昏時分。既然都來了，就去湯島神社拜拜吧！我朝著湯島神社的方向前進。看到類似神社的石牆，打算朝那裡走去時，遇上印度餐館的店員把招牌搬出來。印度籍的男店員頭上也纏了頭巾。他盯著我的頭巾，對我行合十禮：「Namaste❸。」這時機也太巧了吧！我總之也向他回禮：「Namaste。」

爬上湯島神社的陡峭樓梯，泉鏡花的小說《婦系圖》裡出現的瓦斯燈立刻映入眼簾。原來這就是瓦斯燈，還是該說瓦斯燈居然是這副模樣呢？雖然充滿風情，外表跟電燈沒有太大差異。

「你要拋下我還是拋下羞恥心？」聽到這句話，我嚇得回過神來。這才發現原來是頭巾在跟我講話。我這個人很小氣，所以不想拋下羞恥心也不想拋下頭巾。但是今天還是先拆下來吧！就讓我們暫時分開吧！當我伸手要解開頭巾時，頭巾又說：「要分手還是要斷絕關係，是當藝妓的人說的話……對我要說『去死吧！』」明明是條頭巾，講話意外地有女人味。

包包裡裝了夏天從沒機會點著的線香花火。遲遲不下山的太陽終於西下，瓦斯燈微微照亮湯島神社。點燃線香花火，火花緩緩剝下夏日風景，露出下方的秋日氣息。就連贗品的夏天也即將畫下句點。瓦斯燈閃閃爍爍，忽明忽暗。

❸ Namaste：梵語，意思是「我向你鞠躬」。做這個動作時，會將雙手放在心口，闔眼鞠躬。

九十四　灣岸攝影棚的一角

一群藝人坐在擺在攝影棚一角的椅子上，等待節目正式開拍。一名留著黑色長髮、頭戴黑色絲帽的美男子站在角落。我的目光忍不住流連在對方獨特的風采與外貌上，那個人就是人稱「消極模特兒」的栗原類。

這不是他的自稱，而是有人擅自這樣稱呼他。我把視線轉回他身上，卻發現他已經不在剛剛站的位置。當我下一秒感覺到背後有人而回頭時，正是他站在我後面。他靠近我輕輕說：「方便讓我幫你按摩肩膀嗎？」突如其來的提議讓我忍俊不禁。

有一次我們都去參加綜藝節目《笑一笑又何妨！增刊號》在灣岸攝影棚舉辦的慶功宴。看到我們在角落講話，大家都笑我們是同類在聊天。這時候他在我耳邊低語：「看來大家好像都誤會我們很陰沉。」我很高興他向我搭話，他這個人天真無邪、可愛討喜又個性獨特，非常有意思。

我去看過他演出的舞台劇。我雖然不懂舞台劇，但是他的表演在外行人眼裡也是非常厲害。這種演技該說是怪誕不經吧，角色的個性很古怪，不容易詮釋。他演起來彷彿被其他人附身，看得我毛骨悚然。身體柔韌，動作激烈，表情卻變化細膩，我徹底拜倒在他的表演之下。

離場之前我去向他打聲招呼，他回應我的態度恭敬有禮，跟我們初次見面時一樣：「百忙之中，感謝您撥冗前來。回家路上還請小心。」我要跟他好好學習才是。

九十五　新宿五丁目的文壇酒吧「風花」

二〇一二年春天，我崇敬的作家古井由吉舉辦慶祝自選作品集出版的朗讀會。聽到這個消息，我興奮激動得坐也坐不住。會場是坐落於新宿五丁目的文壇酒吧「風花」。酒吧本身並不寬敞，像是濃縮了時代的膠囊。我尋找號碼牌指示的座位，發現自己的位子在吧檯。人數隨著活動即將開始而逐漸增加，每個人外套上的春夜氣息充斥了整間酒吧。

朗讀會是由朝吹真理子清脆嘹亮的聲音來拉開序幕，字字句句如同液體般滲入心靈。接下來是島田雅彥用沉著穩重的聲音，把文字化為影像。我從沒想過作家本人朗讀文章，聽起來會這麼有意思。

最後是主角古井由吉登場，坐在我正前方。他看見我便說：「你來了啊！」出乎意料的招呼令我大吃一驚。我們之前因為雜誌邀請而對談過；去參加在紀伊國屋表演廳舉辦的演講時，也曾經去後台休息室打招呼。儘管我們見過面，對方在舞台上看到我，打招呼的態度卻像在常去的酒吧偶遇一樣，讓我大吃一驚。

舞台上的藝人和觀眾之間有無法言喻的界線。一旦走上舞台，表演者身上便披上肉眼看不見的袈裟，靠著袈裟的法力站上不同於日常的舞台。靠著法力抵禦眾人的目光，在人前發得出聲音——我是這麼想的。

但是古井由吉身上沒有那件袈裟，而是赤身裸體地走上舞台。我認為把舞台和觀眾的關係帶進日常生活是一種超能力。在他身上，我重新領會到原來有人無論在日常生活或是文學的世界都能輕易跨越界線。

他拿起麥克風向大家致詞：「我還活著。」我坐在第一排，聽到這句話還是忍俊不禁。這時候我想起來他曾經笑著分享關於自己的流言：據說聊到已經過世的作家年齡，大家會問起：「古井是什麼時候過世的？」

古井由吉的朗讀有一股特殊的溫煦，聽起來彷彿回音層層疊疊。觀眾在聲音的帶領下彷彿身處通風的日本老房子，而不是密閉的公寓，心情隨之平靜下來。說起來雖然很理所當然，不過古井由吉的文章越聽越有他的特色。儘管第一次來到風花讓我很緊張，還是留下了美好的回憶。

我忘不了致詞時，那一句「我還活著」。第一次在二手書店買到古井由吉的文庫本《杳子・妻隱》時，閱讀過程中讚嘆作品的同時，我認定作者一定已經過世，猜想和他同時期有哪些作家。儘管我才二十多歲，這句話還是打動了我。我希望自己有一天也能在舞台上講出這句話。

「我還活著」或是「我前幾天復活了」。

九十六　在首都高速公路看見的風景

車子在首都高速公路上奔馳。爬上天現寺入口的坡道時，車體傾斜，身體的重心往椅背靠。當我擺脫重力束縛，視野突然變得開闊。車子加速馳騁，朝台場奔去，左手邊是東京鐵塔。穿過一之橋，看見彩虹大橋時，總是身心舒暢。可是我沒有駕照，只能坐在後座。

無論是好日子還是壞日子，我都是經由首都高速公路回家。點燈的東京鐵塔看起來很溫柔，但是我還是坐在後座。

九十七　梅丘「Rinky Dink Studio」的密閉空間

有一次工作時和搖滾樂團對談。我從青春期就喜歡上那個樂團，經常看他們表演，沉迷於他們的樂曲。

打從十多歲以來，音樂與文學長期以來撫慰著我。然而我當初不是為了獲得撫慰才接觸這些領域，而是本來想要藉此娛樂，卻因為這些領域本身的力量過於強大，深深感動我，在心中爆發，意外地撫慰了我。每接觸一次便打動我一次。

所以我想對談時一定要跟對方道謝。結果我還是跟往常一樣緊張到不知該如何是好，反而添了很多麻煩。我心中做人的道理斥責我：「你難得有機會跟偶像對談，居然一言不發，讓偶像找話題跟你聊天，你是國中生嗎！」儘管我還是很緊張，卻又很高興，感動於對方連平常說話的聲音都很帥氣。

我很高興對談是一邊喝酒一邊進行。可能是醉意讓我長了幾分膽量，我越聊越開心，心想就此結束好可惜時，對方竟然邀我去新宿的黃金街續攤。

接下來又是開心的神奇時間。當我們喝到深夜時，對方說：「我跟你聊得越多，越覺得你這個人一定有把吉普森（Gibson）的萊斯・保羅（Les Paul）。」我只會聽不會彈，不過我想這應該是電吉他的品牌吧！當我告訴對方自己沒彈過樂器時，「你一定要試試吉普森的萊斯・保羅，跟你很搭。」

「我是想過要是會彈吉他，一定很帥……」對方告訴我：「你一定要彈彈看。生來多愁善感的人一定要聽聽電吉他的聲音。」

對方又接著說：「吉普森的萊斯・保羅要價二十二萬五千圓，還得買接音箱的喇叭線，大概五百圓。」

「電吉他果然很貴。」

「但是又吉啊，你很適合吉普森的萊斯・保羅。」我聽了莫名地開心起來。

「我明白了，我明天就去買。」

「嗯，但是你要自己去預約練習室，你可以嗎？」

「我可以。」

「嗯，到了練習室接上音箱，不用管什麼和弦，大力按下去就對了。」

「是。」

「你一定要聽聽看那個聲音……很讚喔……」

順帶一提，我問了對方用的是吉普森的萊斯．保羅嗎？結果回答「我用的是三萬六千圓的 Telecaster」。回家路上，我們一起去花園神社拜拜。

第二天我就趕去買吉普森的萊斯．保羅了。這把電吉他實在太帥，買的時候實在很難為情。為了避開認識的人，我特意預約了在梅丘的練習室，而且一個人去。這是我第一次去練習室，明明很緊張卻又故作平靜，到櫃檯報到時裝出「我在這裡雖然這副德行，平常都是去其他練習室練習」的表情。

站在黑色厚重的雙重隔音門前，我不知道該將門把往下拉還是直接拉開。儘管我不知所措，還是裝出與其說是「故意推推拉拉是我的習慣」的冷靜，不如說是臭臉的表情開門，要走進第二扇門之前還特意檢查手機簡訊。這是自我意識過於膨脹的人專用的高級技巧，故意花時間用背影顯示自己很從容，以免遭人發現自己其實很焦急，同時也是身而為人最土氣的行為。

一走進密閉空間，我馬上加快動作，接上音箱，調高音量。金屬般的尖銳聲音頓時響徹練習室。我忍不住用撥片彈彈看，立刻傳出「嘰——！」的劇烈聲響，差點震破耳膜。電吉他真厲害！好厲害！實在太厲害了！

「嘰——！嘰——！嘰——！」

我一次又一次按下吉他弦。我根本不懂什麼和弦，就像國中生掃地時間用掃把亂揮，只是隨便亂按，一次又一次。每次吉他都不辜負我的期待，發出劇烈的聲響。練習室的密閉空間在我眼前扭曲歪斜。

「嘰——！嘰——！啊——！嗚——喔——！」

我忍不住放聲吶喊。電吉他真是太厲害了。拋下一切吧！拋下沒有意義的自我意識吧！土就土，沒關係。太棒了！今晚真是太棒了！

「嘰——！嘰——！嗚——喔——！」

走出練習室時，我又裝出無所謂的表情付錢，以免對方發現我剛剛在裡面大吼大叫。客觀觀察我這個人，實在有夠囉嗦麻煩的。自我意識這傢伙真是怎麼樣也死不了。

九十八　品川 Stellar Ball

搞笑藝人的後輩請我幫他們取團體的名字。我們感情很好，於是我答應了這個要求。但是幫別人取名字不是一件簡單的事，所以我約對方一起行動個幾天。想要取個合適的名字，就得了解當事人。最重要的是我那時候閒到發慌，想跟後輩廝混。

當人家前輩的說這種話很俗氣，不過我感覺得到他們很崇拜我。他們總是對我的發言用力點頭，還常常找我商量嚴肅的煩惱。換句話說，他們對我的期待很深。本來我這個人就器度不足以幫人取名字。正因為如此，我才會如此嚴肅以對，等待老天爺開示我適合後輩的名字。當我們廝混了兩天之後，那一刻來臨了。

「我想到了。」後輩雙眼發光：「什麼名字呢？」

我緩緩開口，製造期待的氣氛：「Wolf。」

後輩立刻反駁：「不要。」

我頓時不知所措：原來你們不是全權委託我，還有拒絕我的權力。我原本就很認真想，這下子更是拚命想了。

第一點是避免陰沉的名字。我十幾歲時給自己的搞笑二人組取了「線香花火」這個名字，很多人都批評這個名字太陰沉又不吉利。我查了字典發現線香花火是譬喻人或事物一出現便瞬間消失。這是搞笑藝人最害怕的情況，而這個名字似乎真的發揮了威力，我和搭檔一起搞笑沒多久便解散了。所以我想給後輩取一個特別吉利的名字。

想了十天，靈感終於降臨。這實在是個大吉大利的名字。但是後輩標準如此嚴格，這個名字能博得他們的歡心嗎？我做好心理準備才開口：「我想到了。」後輩卻露出茫然的表情。似乎是我們廝混太久，久到都忘記當初聚頭的原因了。

「我是說你們團體的名字……」後輩這才恍然大悟，問我取了什麼名字。我緊張兮兮地發表：「祝壽號角。」對方聽了反應也很正面：「哦！不錯吔！」

我當下既高興又放下心中一塊大石頭，心情好比通過試演。後輩告訴我他和搭檔討論時也考慮過要用「壽」這個字。世上有這樣的奇蹟嗎？後輩通知搭檔要用「祝壽號角」這個名字時，對方也說了一樣的話。

之後他們表演以劇場為主。雖然出道代表他們成為我的競爭對手，看到他們上搞笑節目表演時還是非常興奮。儘管我這種等級的搞笑藝人沒資格評論別人，他們的段子總是能逗得我哈哈大笑。

命名幾年後的某個夜裡，他們找我見面，通知我要解散了。通知我之前兩人猶豫再三，不過考量其中一個人確定要結婚，苦惱了很久才終於做出這個決定。

我沒有資格推翻兩人的決定，所以表示想要參加他們最後一次的表演。太宰治要是知道了一定會罵我：「你這種行為比在電車上讓座還厚臉皮。」罵就罵吧！我這麼做不是同情他們，只是在耍任性。

一般人可能覺得除了偉人的媽媽，其他人的媽媽都是普通的媽媽。可是別人眼中普通的媽媽卻是孩子心目中最棒的媽媽。我們在別人眼裡的確是一群不紅的搞笑藝人，可是再怎麼樣不紅的新進搞笑藝人，也可能是某人心目中最棒的搞笑藝人。聽起來很像在繞口令，總而言之我非常喜歡他們的搞笑，也相信一定有很多人抱持跟我一樣的想法。

二〇一一年一月，我們在品川 Stellar Ball 舉辦了名為「再見，絕景雜技團」的短劇秀。祝壽號角的短劇非常有趣，引得觀眾哄堂大笑。整場表演中，「你們看！你們看！」的自豪與莫名的煩躁在我心中亂成一團。

我在結尾時對大家說：「我從以前就沒辦法跳〈Linda, Linda〉這首歌……」祝壽號角的兩人聽了便說：「又吉前輩從以前就會逃避不擅長的事，只願意為喜歡的事流血流汗。但是我們很羨慕前輩能繼續搞笑，希望之後你也能全力搞笑。」這句話深深打動了我。兩人說完之後，大喊了一聲「啪！」可能是想要吹響祝壽號角吧，真是難以理解的熱情。

表演即將進入尾聲時，我配合大聲播放的〈Linda, Linda〉，跳得比誰都高，舞蹈得比誰都激烈。真想讓十八歲時的我看看。

過了一陣子，結婚的後輩通知我生了雙胞胎。這下子可真是吹響「祝壽號角」了。我問他給小孩取什麼名字，他說一個孩子的名字裡有「壽」字，另一個名字裡有「奏」字。

九十九　過去的筆記

即使是痛苦到想死的夜晚，我還是相信這是好事即將發生的前兆。就像口渴時才會覺得水格外美味；忙碌時才會感到假日的寶貴。我相信就算只有一瞬間，痛苦的人當下感受到的幸福分量一定勝過任何人。

那個瞬間可能明天就來，可能死前才報到。就算只是一瞬間，我也能在辛苦的人生中感受到幸福的重量。我絕對不會死在來路不明的怪物手下，我會埋伏在巷口，好好嚇一嚇從後方追來的怪物，然後繞到怪物背後，搔他腋下。

一百　公寓

我最近租下沒有浴室的公寓，在房裡微微聽得見鄰居的嘆息；感受瓦斯暖爐點燃到整個房間暖起來之間的時間；老舊的柱子上滿是釘子孔。

牆上擺了田中象雨的書法《咆哮》，或是掛了平子雄一的畫《Voice》，廁所裡寫了堀本裕樹的俳句：登旋轉梯欲向詩，暮秋夜深寒意濃。

帶來的書還有太宰治、古井由吉、町田康、中村文則、堰代、西加奈子……還有數不盡的音樂……

東京的快樂夜晚就此拉開序幕。

IV

代田富士見橋的晚霞

那是哪一年的冬天呢？我和搭檔綾部去世田谷公園排練段子，天氣冷到讓人沒辦法專心。

「你覺得冷是因為你心裡想著很冷。」綾部全身顫抖、牙齒打顫，對我說這句話。我心想你說起來一點說服力也沒有，但是我沒有說出口。

這幅景象寫進《東京百景》是不錯，但是我沒寫。

之後我們第一次以 Peace 的身分登上新宿 LUMINE 劇場的舞台。段子已經排練夠了。當我們一起搭電梯前往七樓時，綾部背對著我說「傳說就要開始了」。這句話真是噁心到令人擔心我真的要跟這種人搭檔嗎？

但是書裡沒提到這個光景。

某天早上，綾部打電話來把我吵醒，叫我打開電視。我以為發生了什麼大事，惴惴不安。可是他要求我看的節目從頭到尾播放的不過是悠閒的田園景色。我問他為什麼叫我看這種節目，他說「這是我長大的地方」。我完全不明白為什麼我得看介紹他家鄉的節目。

書裡仍舊沒提到這個光景。

這本書裡搭檔出場的次數少到大家懷疑我是不是故意的地步。取代綾部出場的是一個沒用的年輕人，老是匍匐在地上過日子，那個年輕人就是過去的我。我主動寫下自己丟人的一面，能老實寫出自己的醜態，是因為只有在這裡才能盡情地我手寫我口。

我寫作時從沒想過要逗誰高興。屢屢試著編造提筆的高尚理由，最後發現寫作其實是為了讓自己活久一點。雖然我會因為有人看了發笑而高興，實際寫作時卻沒有多餘的心力去想像讀者的反應。

當我經歷《東京百景》中描述的光景時，Peace 又過著什麼樣的生活呢？

回想起一九九九年的春天，直到現在我還是會憂鬱。當時吉本興業東京分公司大樓位於溜池山王，我去參加在大樓地下室舉辦的搞笑藝人徵選面試。約有五百人報名，十人一組依序進入面試的房間。

這場面試只會刷掉缺乏一般常識的人。例如有個男人扮成郵局窗口的模樣來表演，說自己「存款有五百萬」。面試官看到他目瞪口呆：「你還不放棄啊？」原來這個人前年也落榜。那一年他終於考上，但是兩星期之後便不見人影。可能是考上就滿足了吧。

面試官宣布「準備好段子的人可以上台表演」。跟我一起面試的十人當中，有兩組舉手。一組是我跟國中同學組成的「線香花火」，另一組也是兩人組。他們的短劇是十二碼罰球。一個人踢球，另一個人當守門員。守門員雖然接住對方踢過來的球，球卻只有乒乓球那麼大。

表演完之後，沒有任何人笑。面試官說「好，換下一個」，就好像剛剛從來沒人表演過一樣。演這段短劇的是，綾部祐二跟他的青梅竹馬組成的「Skill Trick」。他們表演完之後換我們說對口相聲，果然還是沒半個人笑。

養成所一開始安排的課程是單人短劇，場景是去面試便利商店的工作。綾部的設定是面試到一半時請面試官等一下，打手機吩咐第三者「三點到了，鬆開爺爺的手銬」。我則是演擺著一張臭臉的男人，看到便利商店的徵人啟事說「要找開朗的人嗎？我來改變人生看看好了」，於是去面試。

開學兩星期之後，我在溜池山王站前遇到綾部。他對我說：「我看了一圈大家的表現，好笑的就只有我跟你，我們一起加油吧！」

綾部戴著太陽眼鏡，穿著印了「STAR」字樣的寬鬆T恤。看起來就像小孩子被施了魔法，直接變成大人。我跟當時的搭檔在回家的電車上說起他的壞話：「那傢伙以為自己是誰啊？」

綾部雖然娃娃臉，其實長我三歲。我一直到高中參加的社團都很重視上下關係，大兩個學年的前輩已經崇高得和神明沒兩樣。要是差到三個學年，光是想到就害怕。但是我聽說對同梯說敬語會被小看，所以決定不分年齡，一律平等對待。

就在這時候，綾部在我耳邊低語：「有些傢伙明明年紀比較小，居然敢用對同輩的語氣講話。真的是白痴吔！」綾部以前待的也是運動社團，所以格外重視上下關係。我瞬間打破自己的誓言，反射性地客氣回應：「您說得沒錯，綾部先生。」我們之間從此產生詭異的上下關係。

後來我們越來越常聊天，經常混在一起。休息時間一起去簡餐店吃飯時，綾部會說：「這裡最好吃的是韓式牛排套餐，你就吃這個吧！」我覺得擅自決定別人要吃什麼是件很奇怪的事，不過他就是這樣的人。

「要是回到家發現房間裡出現不認識的女生脫得精光，你會怎麼做？」

綾部常常問我奇怪的問題。

「我會問她在做什麼。」

我總是認真回答每個問題，而他似乎很樂於觀察我的反應。

一起出門時，他看到美女一定會搭訕。我問綾部：「你老是搭訕，不會不好意思嗎？」他的回答是「那是因為你自尊心強，才會覺得不好意思。我這樣做相當於棒球員每天不分颳風下雨，都會練習揮棒。連揮棒都不練，怎麼打得到球呢？」因為他說得很起勁，所以我沒有反駁他。但他這種行為不過是搭訕罷了。綾部的態度像是對崇拜自己的人侃侃而談，而我對他的回應總是傻眼無言，唯一有共鳴的是他奇怪的一面。

他曾經陪我去代官山買衣服，那家店在車站前。當我在更衣間裡試穿時，聽到他在外面跟女店員聊天。我雖然已經試穿完了，還是一直躲在更衣間裡聽他們講話，以免打擾他們聊天。後來那個店員變成綾部的女朋友。

出道沒多久，綾部和朋友組成的 Skill Trick 便解散了。看到同梯的夥伴解散，我感到非常寂寞。我和朋友以「線香花火」的名義表演了三年。可能因為我們對對口相聲與搭檔抱持不切實際的幻想，於是越來越鑽牛角尖，結果在二〇〇三年解散。最後的舞台是在新宿 LUMINE the 吉本劇場，以對戰的方式現場表演，對手是綾部一個人。

一個月之後，Peace 在同一個舞台進行第一次表演。老實說，線香花火解散之後，我本來打算放棄搞笑藝人這條路。我這個人做不了其他事，要是連搞笑藝人都當不了，根本沒辦法在這個社會繼續生存下去。

當時我無法思考，也沒認真查過，只是常常把「我要去京都出家」掛在嘴上。綾部對我說：「要出家還太早吧？」又說：「要不要跟我一起搞笑？」我完全無法想像跟他一起搞笑會是怎麼一回事，不過他說會全力配合我。這樣也許做得來。我們於是約好試一陣子看看，要是不行就放棄。

組成新團體之後，原本會來劇場給我打氣的人都不來了。我這才發現他們不是來為我這個人打氣，而是為我所處的狀態打氣。我感覺自己像個空殼子。從此之後，無論是褒是貶，我都認為對方批評的是我所處的狀態，而不是我這個人。

給新團體命名時也費了一番功夫。我建議取名「陽」，念成「Yang」；綾部的提議是「Strip」或「AJ」，我才不要這種名字。不過現在回頭想想，好險沒取作「陽」。

綾部明明說過會配合我，實際一起討論時卻從來不曾禮讓過我。既然兩個人無法決定，我們決定把外來語字典拿來隨便翻開一頁，指到哪裡就取哪個名字。我一開始指到的是「Scavenger」，綾部也覺得「聽起來很像英雄的名字，就這個吧！」結果仔細一看是「蛆、食腐動物」的意思，於是又放棄了。

其實我覺得這個名字一語中的，直指我的本性。最後我們選了既是「Peace」也是「Piece」——一個和我們形象毫不相符的名字。

我從學生時代就經常幻想一個故事，就連綠香花火解散和組成 Peace 時也常常想起這個故事。

屋頂上有名少年叫A，他一隻手各拿一把傘在助跑。他打算要是遇上緊急時刻，得從大樓屋頂往下跳時，靠兩把傘的浮力緩緩降落。少年B看到他老是在努力練習如何從屋頂逃走，總是嘲笑他：「就算傘打開了，往下跳還是會摔死的。」

有一天，街上出現大量殭屍，包圍了少年所居住的建築物。少年B為了躲避殭屍追逐，一路衝上樓梯，打開屋頂的門，看見少年A拿著傘的背影。少年A正打算跳下屋頂逃走。這時候少年B走近少年A，開口說：「既然你有兩把傘，就借我一把吧！」

少年B的狡猾個性實在叫人目瞪口呆，之前明明那麼瞧不起少年A，這時候居然要人家借他一把傘。其實少年A不是為了逃命才拿起傘，而是單純等待適合往下跳的時機。難得的機會就要被少年B給搶走了，少年A的靈魂就要被少年B給剝奪了。然而少年A還是把傘借給少年B，兩人各撐一把傘往下跳，所以兩個人都摔死了。

我總是為了少年B的自私自利而氣憤填膺，卻也因為他自由奔放的言行而不禁失笑。破壞他人長年累積的努力與熱情固然有錯，這種行為卻充滿人性，令我啞然失笑。

綾部這個人有些時候就像少年B。我以前把自己的日記公開在網路上時，他大刺刺地批評我：「沒有人要看那麼長的文章啦！付出的心血和結果不成正比，勸你還是放棄吧！」我知道他沒有惡意。但是當我的文章集結成冊時，他卻又在採訪時邀功：「我從以前就叫他寫文章了。」這分明是他捏造的感人小故事，我卻莫名地笑了。

我們剛組成搞笑二人組時，雙方的友情延續到當工作夥伴，很是快樂。

綾部看到我一臉悶悶不樂，開口問我：「你很想要剛剛看到的那條褲子對吧？」、「可是那條褲子要兩萬。」聽到我猶豫不決的回應，他又勸我：「少吃一點就買得起吧！現在不買，以後一定會後悔。」結果我們一起回到中目黑的服飾店，買下那條有吊帶的黑色寬褲。看到我付錢之後還是悶悶不樂的樣子，他又開口問我：「現在又怎樣？」

「我想換上新褲子。」

「代官山的公園有廁所，想換褲子就去那裡換吧！」

我乖乖聽從他的建議，去代官山的公園換上新褲子。

「是不是有點長？」

看到我很介意褲子的長度，這次他跪在地上幫我把褲管摺起來：「改到這個長度應該不錯。」

「對啊！」聽到我回應，綾部笑了起來：「這是怎樣啦！講這種段子的搞笑團體一定紅不了的！」我聽完也笑了。

又有一次，我們去公園排練段子。並肩前進時，經過會遮住彼此視線的柱子。當我走過柱子時，看到綾部扮鬼臉，於是笑了起來。走著走著，我們又經過會擋住視線的柱子。我想接下來輪到我了，於是鼓起勇氣扮鬼臉和翻白眼。然而我這麼做卻沒聽到綾部的笑聲。我不安地把眼珠子轉回來，發現對方也做了一樣的表情。我們同時翻白眼，所以看不見對方的鬼臉。發現這件事，我們都笑了。然而笑是笑了，這個看不見彼此的光景正巧呈現了我們之間的關係。

我們喜歡的東西一樣，選擇的表現方式卻天差地別，所以構思段子時格外辛苦。綾部只要不符合喜好就不會採用，他想要的是觀眾馬上會有反應的段子，這種想法再正確也不過。可是我認為自己的特色是創作大家都不需要的故事，無法實現自己的創意是件痛苦的事。

我知道自己的搞笑路線一定要有搭檔才行。但是站在我旁邊的是聰明的搞笑藝人，一個人也做得來。我漸漸不再提出自己的意見，不知道自己繼續搞笑有什麼意義。明明站在舞台上，卻總是想往其他人背後躲。我幾乎不記得這陣子做了哪些事。

少年A的雨傘跟屋頂都被奪走之後，過起在大樓附近徘徊的奇妙日子。

有一天，我在後台休息室聽到綾部跟前輩在聊天，他說他工作的動機在於賺得比搭檔多。這句話帶給我很大的衝擊，我以前從來沒想過這種事，對搭檔抱持理想與幻想。我對搭檔的概念因為這句話而瞬間改變，下定決心要自立自強，喚醒這幾年陷入沉睡的感性，重拾學生時代的習慣，把所思所想寫在筆記本上。我不再放棄當Peace時不能做的事，而是改成一個人做。

筆記上寫的不是對口相聲或是短劇的點子，而是《東京百景》的內容。我能夠毫不隱瞞地坦露自己，正是因為我也是Peace的一員。身為Peace所做的工作不是徒然，我一個人做的工作也不是白費。Peace不是組織，而是兩個個人。當初選這個字當團名時沒有特別的用意。現在回想起來，和平與碎片的意思都各自發揮了言語的力量，象徵了我們的發展。

儘管我和綾部的關係最緊密，《東京百景》卻幾乎沒提到他正是因為如此。幾乎每篇文章的背後都隱藏了我身為 Peace 所做的工作，我寫文章是為了抒發從事團體工作時壓抑的情感。正因為有機會寫這些文章，我才能繼續和綾部搭檔。缺乏其中一方，便無法構成我在東京的風景。白天與夜晚，書籍通篇散發的頹廢氣氛，也代表我在團體中受傷的夢境。

有些人會寄來一些幼稚的建議：「既然是搭檔，你應該多向世人宣傳綾部溫柔的一面。」這根本不關我的事，要別人先溫柔待己才會喜歡上對方——請不要以這點欲望來打擾我。

溫柔與否不過是一種狀態，我想說的事情早就超過這種程度。正因為綾部這個人隱含的要素琳瑯滿目，我根本摸不清他究竟是什麼樣的人，所以才想站在他旁邊搞笑。

二〇一五年，我寫了一本以搞笑藝人為題的小說《火花》（中文版為三采出版）。綾部平常總是大言不慚地說自己討厭看書，「看收據就是我的極限了」。他勉強自己讀我的小說，聽到他說「因為是搭檔寫的小說」這句話讓我很高興。讀了三個月之後，他問我：「我終於看到後半段了，到底什麼時候會提到我？」我回答他：「這本書裡怎麼可能會提到你？」

他之前明明對我寫文章一事毫無反應，等到我得獎之後卻臉不紅氣不喘地對大家說「是我鼓勵他寫的」。這種硬是想攀點好處的地方還是很少年B。

有一次我到了電視台安排的休息室，發現燈光比平常陰暗。綾部向我宣布：「我要去美國試試自己的本事。」所以他故意把燈光調暗好營造感傷的氣氛，嚴肅的語氣與遣辭用句也莫名好笑。

自從決定去美國，他變得比以前更加開朗。還沒去美國便得意洋洋地對我說起「日本人是這樣眨眼睛，可是美國人是這樣喔」之類我一點也沒興趣的話題。

當時是綾部出道以來的高峰，還擔任好幾個電視節目的固定嘉賓。對於向眾人宣稱「我一定要成為大明星」的他而言，要自行放棄鎂光燈下的生活，想必要鼓起很大的勇氣。許多人批評綾部的選擇「怎麼可能會成功？」正因為他挑戰困難的道路，所以才會引人熱議。

這世上潛伏了許多少年B，而綾部比誰都還像少年A。他連傘都不拿就想從大樓屋頂跳下來，卻還沒做好心理準備，站在屋頂大喊：「我好怕！我好怕喔！」有些人看到綾部這樣便嘲弄他，而我不會嘲笑他。

反覆決定一些瑣事，於是莫名有了今天的我。這些選擇不見得全部正確，不過這都是我自己做的決定，所以不能怪別人。可以自行選擇時不用顧慮他人，不需要在意別人的眼光。所以長大之後，一切責任都是由我自己承擔。有時迷路；有時連續好幾天走在暗無天日的森林裡，在滿是泥濘的地上匍匐前進；有時捲進強風中；有時吃到甜蜜的樹木果實；有時遇上美到令人屏息的風景；有時甚至差點死在熊的利爪之下。然而這全部都是我自己選的路，不會怪罪任何人。

但是路上大喊「冬天的雨水好冰！」、「熊好可怕！」也沒關係吧。雖然大多時候總是默默前進，有些時候要是不大吼大叫，促進腎上腺素飆升，可能會死掉。這種時候大吼到臉紅脖子粗也沒關係吧？

所以我如是想：想要欣賞沒人看過的風景，就一定得挑戰。要是路上害怕了，把「我好害怕！」、「我想逃走！」這些心情大喊出來也沒關係。大喊大叫、碎步前進的確一點也不帥氣，但是帥氣又是由誰來定義呢？帥氣的一步也好，恐懼的一步也好，兩者前進的距離並無不同。

臉上掛著鼻涕，邁入自己的極限；要是覺得不行了，撤腿逃跑便是了。人生不過如此罷了。生命的意義不是為了討人歡心。無論是誰，都跟路邊綻放的小花一樣，不過是活著罷了。花不會為了討好人類而開，只是因為活著而盛開。曬了太陽，淋了雨，還是一樣盛開。

我每次散步總會湧起吟詩的興致。雖然我試著嘲弄自己模仿詩人的態度，其實不用怕別人恥笑而事先自嘲；不需要為了湧起詩情而害羞，要羞愧就為了嘲弄詩情的自己而羞愧吧！嘲笑別人過度感性的傢伙，揶揄別人纖細心靈的傢伙，不會知道感性所帶來的攻擊力與纖細所醞釀的激情。

我繼續散步，背後已經沒有回頭路，之前走過的路全都融化了。回頭很可怕，所以我盯著前面看。偶爾往旁邊看也可以，雖然我覺得往前看又回憶起過去的風景是本末倒置，不過這也不是什麼違規的事情。因為散步的規矩是我定的。

那個地方的天空一覽無遺，看得見晚霞。綾部打算從大樓屋頂跳下來，他臉部肌肉緊繃，正要開始助跑。抬頭仰望屋頂的觀眾紛紛大笑，要是沒能成功落地，大家都會笑。但是我不會笑，我會大喊「跳呀！」而且喊了好幾次。因為我站在少年A這一邊。大家都在笑，我卻沒笑。笑人很簡單，要接受被笑卻很難。我們的共通點是徹底發揮慘不忍睹的特技，而這也是我們在東京生活的方式。

我覺得綾部會成功，要是他失敗墜地，一定會有人說：「我就說過會失敗吧！」但是我不會這麼說。要是他真的失敗了，到時候我一定要第一個笑他。

夕陽的另一頭有座山，那是什麼山呢？這片景色真美。我一直走在自己選擇的路上，所以看到這幅風景。要是綾部的話，大概會說「紐約的夕陽更棒」之類這種惹人厭的話。

二〇二〇年
又吉直樹

繁體中文版獨家後記

勉強糊口的日常，也是絕景的美麗瞬間

我在二〇一四年秋天造訪台北寧夏夜市。走在路上觀看林立的攤販時，莫名湧起一股鄉愁。帶給我溫暖的不僅是成排的燈光，更重要的是我明白路上行人為何流露溫柔的表情。

《東京百景》記錄我十多歲離開故鄉，剛開始在大城市生活時難以忘懷的心緒。回顧當年的文章，像是暴露自己傷口與恥辱的吶喊或嘆息。正因為不成熟才會產生的感傷情緒與想逗笑讀者的企圖，交織而成一片混亂。

書籍內容都是一些發生在身邊的瑣事，沒有任何關於政治情勢的記述。然而我認為自己的文章記錄了市井小民深受新聞接連報導的日本經濟成長停滯所害的生活片段。

二〇一五年獲頒文學大獎時，某位年長的評論家在八卦節目中批評我不過是個藝人，最後以「根本自以為是作家」作結。我從小便夢想成為搞笑藝人。窮歸窮，出道以來一直以身為搞笑藝人自豪。換句話說，我是得意的自以為是搞笑藝人。

然而批評我「自以為是作家」代表強行改變我的價值觀。這些掌權者毫不羞恥，強逼大家接受「搞笑藝人這種職業比作家低等」的價值觀。如果是當事人以自謙的口氣發言也就算了，這些外人卻擅自評斷何者為優何者為劣，要求「你們這些傢伙就該老老實實過日子，不要得意忘形」。職業當然不分貴賤。要是有人被迫在惡劣的環境工作，應該要早日改善他們的生活。

除此之外，自豪於專注貧困與貧富差距問題的評論家，嘲弄搞笑藝人分享日常生活是「炫耀貧窮」。這種矛盾的雙重標準究竟是什麼意思呢？這種壓力會導致生活貧困的人，以為窮困是自己的責任而無法求助。我們必須打造弱勢族群能夠憤怒、嘆息與歡笑的社會，而不是壓抑他們。

在光采亮麗的大都市中，許多人卻只能勉強糊口。就算是這樣的生活，必定也有足以稱為絕景的美麗瞬間。我今後也想繼續記錄這些瞬間。

我想自己之所以在台北的夜市感受到鄉愁，果然是因為親眼目睹充滿人情味與溫情的老百姓努力生活的模樣吧！

二〇二三年
又吉直樹

國家圖書館出版品預行編目資料

東京百景 / 又吉直樹作 ; 陳令嫻譯 . -- 初版 . --
臺北市 : 三采文化股份有限公司 , 2023.3
面 ;　公分 . -- (iREAD ; 164)
ISBN 978-626-358-009-1 (平裝)

861.6　　111021462

suncolor 三采文化集團

iREAD 164

東京百景

作者｜又吉直樹　書名題字｜又吉直樹　攝影｜三宅勝士　譯者｜陳令嫻
編輯二部 總編輯｜鄭微宣　主編｜李媁婷　美術主編｜藍秀婷　封面設計｜之一設計工作室
美術編輯｜李蕙雲　版權協理｜劉契妙　內頁排版｜陳佩君　校對｜黃薇霓

發行人｜張輝明　總編輯長｜曾雅青　發行所｜三采文化股份有限公司
地址｜台北市內湖區瑞光路 513 巷 33 號 8 樓
傳訊｜TEL:8797-1234　FAX:8797-1688　網址｜www.suncolor.com.tw
郵政劃撥｜帳號：14319060　戶名：三采文化股份有限公司
本版發行｜2023 年 3 月 3 日　定價｜NT$420